AF291096

Minnoarer

av

Hasse Flygård

Omslag: Clas Fröling
Omslagsfoton: Clas Fröhling
© Hasse Flygård 2017
Förlag: BoD - Books on Demand, Stockholm, Sverige
Tryck: BoD – Books on Demand, Norderstedt, Tyskland
ISBN: 978-91-7699-462-7

Till Savannah, Hampus och Cornelia

Prolog – Familjelegenden

Min familj är inte särskilt stor.

Farfar Kalle föds i november 1900 med ovanligt mycket och långt hår samt redan synliga och för modern säkert kännbara tänder. Han blir under ungdomsåren engagerad socialdemokrat och så småningom talesman för arbetarna på bruket. Men så drabbas han av en ovanlig virussjukdom och allt hans hår faller av. Som ett ödes ironi är det inte bara håret som var rikligt vid födseln som skapar problem, utan senare i livet också tänderna, då farfar utvecklar en fobisk tandläkarskräck och vägrar att gå till tandläkaren under hela sitt liv. Han drar i stället själv ut värkande tänder med en tång. En envis karl.

När pappa Lennart föds 1924 bor min farfar Kalle och farmor i Elvy i statarbostäderna ett par hundra meter från fabriken, "Bruket", i Åkers styckebruk, i Södermanland. Pappa drabbas av diabetes vid nio års ålder. Insulinet som finns då är inte särskilt utvecklat och de kost- och motionsråd han får, är att han inte ska anstränga kroppen för mycket, samt att han ska äta fet mat. När pappa gått ut folkskolans sex årskurser börjar också han att arbeta på bruket. I takt med att Sveriges ekonomi utvecklas, får familjen det materiellt bättre och liksom många andra i bygden får de bidrag av kommunen och av brukspatronen och de bygger egnahemsvillan, Bergåkra,

Mamma föds den 2 juni 1921 på gården Fly i skogen i Småland. Torpet är klassiskt rött med vita knutar. Runt omkring finns små åkerlappar med skog som ramar in. Det är ett par kilometer till närmaste granne. Den här kvällen, tre veckor innan midsommar, är mormor ensam hemma med mammas äldre syskon Nisse sex år och Greta fyra. Det är ännu sex veckor till den beräknade födseln då vattnet går och födelseprocessen sätter igång. Nils och Greta skickas genom skogen för att hämta hjälp.

När de kommer tillbaka med hjälpen är mamma född och mormor döende. Mamma som är väldigt liten placeras i en skokartong fylld med fetvadd och tillsammans med mormor transporteras hon med häst och vagn till Vetlanda lasarett. Där placeras mamma i något slags kuvös och överlever, medan mormor avlider 35 år gammal.

Mamma blir sedan uppfostrad av sin kusin Linnea som är 14 år då mamma föds. Mamma förblir kort, men med tiden kraftig. Hon undgår den småländska kristenheten, men blir nykterheten trogen genom livet. I tonåren tar hon sig utanför Småland, arbetar som hembiträde och senare som sjukvårdsbiträde inom mentalvården.

En bit in på 50-talet träffar mamma pappa och hon följer med honom de år han är på blindskolan i Kristinehamn. De gifter sig samma år som pappa blir helt blind av sin diabetes och året efter föds jag på Eskilstuna BB. Vid samma tid, februari 1960 ligger farmor Elvy också inlagd på samma lasarett med spridd cancer i skelettet. Dagen efter födelsen får mamma och pappa tillstånd att besöka farmor, som är drogad med smärtstillande, men ändå tänker gott om mig och säger till pappa som ju inte varit blind så länge.

- Trampa inte på barnet.

60-talet

Berlinmuren,

Beatles

Hylands hörna

High Chaparall

Kulturrevolutionen

Vietnamkriget

Kennedy mördas

Martin Luther King

Hippies

Postnummer

68-vänstern

Neil Armstrong

Handikapp

Pappa brukar ha sällskap med farfar hem från jobbet. Men ibland passar inte skiften och då hämtar jag pappa på bruket. Jag är inte gammal, kanske sex-sju. Jag har varit där ett flertal gånger och för att gå in i fabriken är det bara att öppna en dörr och så är man inne i den enorma fabriken bland hundratals kepsförsedda smutsiga arbetare, stora maskiner, oljud, valsar och traverser.

Pappa har sin maskin, sin kipphyvel, i en mindre avdelning med kanske tio andra maskiner. Jag letar mig fram till honom. Hälsar på gubbarna som alla känner igen mig. Så är det. Är man son till Lennart som är från bygden och som blivit blind, så vet alla vuxna vem den lilla pojken är när jag kommer in i fabriken.

Pappa stänger av maskinen, lägger alla specialinstrument och verktygen, märkta med blindskrift, på noggrant bestämda platser. Pappa får gå tio minuter innan visslan ljuder som förkunnar skiftets slut. Som varje dag är det någon arbetare som avundsjukt påpekar "att vissa har det bra". Jag vet hur pappa hatar det där och jag har många gånger sett mamma skaka på huvudet när pappa berättat om arbetskamraternas illvilja. Hon kan inte förstå. Brukar säga att de nog bara är tanklösa. Det är ju för att han ska slippa trängseln när alla arbetare ska duscha av sig sotet. Det borde väl alla förstå.

När han snyggat till sig går vi hemåt, ut från fabriken, över järnvägsspåren in mot samhället. I höjd med BP-macken kommer det plötsligt fram en man, en gammal gubbe, rakt fram mot oss och börjar utstöta ljud.

- Mhhhhmmhhhh…..mmmhhhhmm…..
- Vad är det, undrar pappa.
- Jag vet inte, svarar jag och tycker det är obehagligt. Det är en gubbe.

Mannen smyger upp bakifrån och klappar pappa på ryggen och fortsätter utstöta ljud. Pappa, i sin utsatthet, blir orolig och frågar vem det är men får bara ytterligare grymtningar till svar. Han vill inte ha någon i närheten sådär och tar fram käppen och viftar. Mannen drar sig tillbaka och ser på mig med något bedjande i blicken.

Han ser inte ovänlig ut, snarare ledsen.

- Försvinn, skriker pappa och mannen backar och släpper iväg oss.

Mannen står kvar och ser efter oss.

Väl hemma märker mamma direkt att något hänt. Pappa vill först inte säga något men jag berättar om den äckliga gubben och pappa tillstår att någon gjort narr av honom, igen. Mamma är deltagande, men vill också muntra upp och berättar den glada nyheten om att Herbert, pappas arbetskamrat, som fick en hjärnblödning för sex veckor sedan, redan är hemma. Hon hade sett honom utanför Konsum, vinkat men inte pratat med honom.

Två timmar senare ringer det på dörren. Mamma öppnar. Där står Herbert. Sträcker fram en lapp. Det står att han mår bra, att det är skönt att vara hemma, att han genom hjärnblödning förlorat talförmågan. Att han träffade pappa och mig i eftermiddags.

Handikapp som inte interagerar särskilt väl gör vänskapen svår i fortsättningen.

Egen härd – guld värd

Mamma, pappa och jag bor på Stockenströms väg 2b. Vi hyr en tvårumslägenhet högst upp i ett tvåvåningshus från femtiotalet, där pappa rör sig som en seende. I köket står en kökssoffa med rött skinn på locket. Köksbordet har Perstorpsyta och är grått och rektangulärt. Smala furustolar till. Pappa har sin plats och där står också transistorradion. Den är en viktig del i pappas liv. Han är van att lyssna. Musik kanske kan finnas svagt i bakgrunden, men lyssnar man så lyssnar man. Det är bra för mig med. Det krävs koncentration. Vi lyssnar på ishockeymatcher tillsammans. Lennart Hylandreferat.

Vardagsrummet delar vi alla tre. Mamma och pappa sover i bäddsoffan. De håller alltid varandras hand när de somnar. Det känns tryggt och jag får vara med ibland. Annars så sover jag i min säng, som är ett sängskåp. Man öppnar upp två dörrar och där inuti finns en säng, typ tältsäng, som fälls ut. Det där skåpet har, när det är stängt, har formmässigt likheter med ett ishockeymål och som det används det också. Jag och mina kamrater spelar med pingisboll och minihockeyklubbor. Grannarna njuter.

I rummet finns också en bokhylla i ljust trä, utan många böcker. Jag vet inte om min mamma läser. Jag kan inte påminna mig henne med en bok i handen. Det finns några böcker som jag antar är hennes. Några fotoalbum. Resten prydnader och fotografier. Bilder på mig, på släkt och förstås på pappa och gammelkungen från utställningen, på Ostermans i Stockholm, om blindas nya möjlighet till yrkesarbete. Bordet i mitten av rummet är litet och brunt med kakelplattor med blommönster på. Det är i det här rummet eller i köket vi är. Det stora rummet sparas till fint.

Det kallas Stora rummet. Där finns finbordet med sex stolar. Vit duk på och blommor. När sitter vi där egentligen? Där finns rokokosoffan och fåtöljen av samma slag, det lilla rokokobordet och under det mammas ryamatta, den hon själv knutit. Soffan är mycket obekväm, men används vid främmande. Jag tycker främmande är ett konstigt ord för att uttrycka vänner och gäster på besök. I det grå skåpet förvaras finporslinet och silverbesticken.

Ovanpå skåpet står anden i porslin som pappa fått av brukspatron som tack för en god insats och bra reklam för bruket vid utställningen i Stockholm. Mamma brukar berätta historien om hur brukspatron, då han överlämnat gåvan, sagt att de köpt något som pappa kan känna formerna på. Hon är stolt över den. Hon tycker att det är fint att brukspatron hade tänkt på en arbetare på det sättet. Personligt.

Av någon anledning, lite felplacerad, också på skåpet, står en svart spargris. Den är bra. Den är fylld med tvåkronor. Som lätt går att peta ut med en bordskniv. Det är så jag fyller mina hockeyalbum. På väggarna hänger en tavla av Nils Nilsson Skum, samemålaren. Jag får då och då höra av mamma att den där tavlan är nog värd några tusen. En stor tavla med guldram föreställande ett fattigtorp i skogen fyller en vägg. På en annan vägg hänger den inramade bröllopsbilden och flera bilder av pappa med kungen, statsminister Tage Erlander och drottningen.

Märkligt det där att det största rummet inte används. Vilken dålig idé.

Pappa

Pappa är i stort sätt som vilken annan förälder som helst. Att han inte ser är den självklaraste saken i världen och de anpassningar som ändå finns hör till livet. Så är det bara. Hemma rör han sig vant och ute kan han med hjälp av sin vita käpp ta sig fram på egen hand, även om han föredrar att gå i armkrok med mamma, farfar eller någon vän. När pappa och jag är ute berättar han ofta saker ur minnet av hur det såg ut och kan peka med käppen och säga att i det där bruna huset bor Ljungbergs, eller där bakom eken gömde vi skatter när jag var liten.

Jag får lära mig att inte låta saker ligga framme som pappa kan snubbla på, säga åt mina kompisar att inte ställa cykeln precis utanför porten utan alltid i cykelstället, att lägga tillbaka saker, som saxen, där den ska ligga och att säga trottoarkant eller lyktstolpe i god tid då vi är ute. Jag tittar noga åt höger och vänster, samtidigt som pappa lyssnar.

På somrarna åker vi på semester till Näshult i Småland. Där finns mammas bror, som har en sommarstuga som vi brukar låna i ett par veckor. Även där lär sig pappa att klara sig som hemma. Men ibland rör sig livet utanför rutinerna och en gång då pappa och jag, som kanske är fem år då, är ensamma i stugan och sitter i det lilla sovrummet, upptäckter jag plötsligt en orm som kommer ringlande in genom dörren. Jag blir livrädd och skriker. Pappa har ett enda vapen då. Sin käpp. Fäller blixtsnabbt ut käppen och börjar slå omkring sig. Vilt. Säkert i panik. Och träffar. Ormen delar på sig och blir till två som slingrar sig över golvet. Jag skriker. Pappa slår.

Efteråt får jag lära mig att kopparorm egentligen är en ödla.

Sirius

Ärr visar ofta minnen. Man vet oftast när man fått dem. Under min mustasch sitter ett minne från påskafton 1965.

Jag har lärt mig att cykla. Under flera kvällar har vi tränat i den långa källarkorridoren i vårt hyreshus. Mamma har sprungit bredvid och snart har jag lärt mig cykla på den guldfärgade 17-tummaren av märket Sirius jag fått av farfar i julklapp. På påskafton har jag blivit så säker att mamma anser att jag kan cykla själv ute, bara jag inte cyklar så långt bort. Men jag behöver inte åka så långt för i korsningen tjugo meter från porten kommer Eddie, som är sju, en jävel på att cykla och prejar mig och så duktig på cykeln att jag klarar en prejning är jag inte. Jag slår hårt i backen, skrapar upp hela munnen och ärret som finns kvar än idag vittnar om att det gjorde ont att äta den påskaftonen.

Men jag kan cykla. Det är det barn gör i Åkers. Cyklar jämt och överallt. Och på kvällarna står cykeln utanför porten. Det finns lås på cykeln och mamma säger att jag ska låsa, men det är inte så viktigt om jag glömmer. Man stjäl inte av varandra.

Men en morgon när jag kommer ut till min cykel har någon av någon anledning skurit sönder min sadel och när jag sitter på den, nyper det i skinnet på stjärten. Farfar tar då med mig till soptippen. Den ligger i Täbylund, inte långt från där farfar bor och där slänger ortens invånare det mesta. Soptippar finns i närheten av varje samhälle och det är dem man tydligt ser framför sig då man i det begynnande miljötänkandet, i mitten på 60-talet, börjar tala om att avfallsbergen börjat växa sig för höga, att vi lever i ett slit och slängsamhälle. Det är fem sju åtta meter höga högar som man kan gå omkring på, fulla med allt från tegel, till radioapparater, glas, porslin, burkar, cyklar, eternit, målarfärg, bildäck, möbler, rostiga verktyg, symaskiner. Ja, allt det vi idag kallar grovsopor och lite till. Till den soptippen går farfar och jag för att möjligen hitta en gammal barncykel med en hel sadel.

Medan vi går omkring på tippen har jag ställt min cykel precis vid utkanten av sopområdet och just när farfar och jag kommer tillbaka dit, utan att ha funnit någon sadel, ser vi hur en vit Volvo PV åker iväg med en guldfärgad 17-tummare i den öppna bakluckan.

Min Sirius är stulen. Farfar är jättearg. Men för barn blir allting gott i slutet. Så även denna lilla berättelse som leder till att jag får köpa en begagnad blå Monark, 20 tum, med röd limpa och rocketstyre. Förstås mycket coolare.

Hallon

Farfar bor på Enbyvägen 3 i en eternitbeklädd egnahemvilla. På gräs-
mattan framför huset växer på högra sidan en silvergran och på andra
sidan huset har farfar sina hallonbuskar. Tre raka, femton meter långa
rader. Hallonen är viktiga. Farfars hallon ska smaka bättre än Ragnars,
moster Astrids man. De har tävling. Ragnar har större bär och safti-
gare. Storleken är Ragnars styrka. Han vattnar dem för mycket, säger
farfar. Stora, men vattniga och fadda i smaken. Farfars hallon är mör-
kare röda, smakar klart tydligare mer av riktiga hallon, men uppenbart
mindre och därmed mindre estetisk tilltalande.

Jag vet ärligt talat inte hur det är, men jag tror inte ens när jag är liten,
att det är på grund av just den olika uppfattningen om hallon som gör
att farfar och Ragnar inte gillar varandra. Men ändå, ingifta i sam-
ma familj med varsin syster, är kanske hallonodlingen deras räddning.
Kanske är det enda de lyckas prata om när de är tvungna att träffas. Så
där som det kan vara på släktträffar, att det som är viktigt att prata om
samtidigt kan vara kontroversiellt och upprörande, så att det för fridens
skull endast ältas ytligheter upp till hallonodlings nivå.
Kanske tror de att de lyckas dölja sin osämja, men ett barn som lyssnar
anar intuitivt den konflikt som finns bakom vattenspridare och stora
smaklösa men snygga hallon.

Visste han?

Mamma är oftast hemma på kvällarna. Men en kväll varannan vecka är det syjunta med Birgit, Stina, Ingrid och Britt. Då samlas de hos någon av dem och stickar, syr och äter flera sorters kakor till kaffet. De kvällarna spelar pappa och jag alltid kort. Med en vanlig Öbergs kortlek, men med blindskrift på.

Pappa håller korten upp och ner och känner med fingrarna över prickarna. Vi spelar allt möjligt, som Vändåtta, Rödskägg, Tian och liknande. Och är man åtta-tio år vill man gärna vinna. Då är det lätt att man böjer sig ner mot bordet och kikar underifrån på pappas kort. Jag kämpar mot skammen. På något sätt vet han. Han säger ingenting om det. Men jag tror att han vet. Jag vet att han vet.

Radio-Olsson

Jag har en vag förståelse för vad sången handlar om, men förstår ändå så mycket att den är förpubertalt kittlande. Beatleslåten "Why don't we do in the road" blir den första engelska låt jag kan hela texten till.

Låten finns på "The White album" som är den första LP-skiva jag köper. Singlar har jag redan några stycken. Den första fick jag, "Min Gitarr" med Sven-Ingvars, men sen väljer jag själv. I Radio och TV-affären bredvid hotell Rogge i Strängnäs finns det ett antal lådor med singlar. Man bläddrar och provlyssnar. Jag har inte så mycket koll på de olika låtarna men känner till banden. Hep Stars, Tages, The Hounds och Ola & Janglers. Jag plockar fram tre fyra skivor av bandet jag är intresserad och sedan sätter killen bakom disken på skivan. Lyssnar gör man genom två hörlurar, ungefär lika stora som en gammaldags sladdtelefon. Man håller dem i var sin hand tryckta till öronen och det finns stereo, även om de flesta singlar fortfarande är inspelade i mono. Därefter väljer jag en av singlarna, betalar sju kronor och går hem till pappas radiogrammofon av märket Luxor.

Radiogrammofonen är en liten nätt möbel i brunt lackat träslag som står på fyra smala halvmeterhöga ben. Radion sätter man på med en grågul knapp och det går att ställa in de tre kanalerna med snabbknappar utan att själv behöva söka med den stora ratten som sitter längst till höger bland tangenterna. Volymen sitter till vänster. För att sätta på en skiva är man tvungen att skjuta undan ett lock för att blotta apparaten. Där finns en skivtallrik och det går att välja hastighet. 45 varv per minut för singlar och EP-s, 33 för LP eller 78 för de stenkakor som tidigare har spelats på farfars trattgrammofon som man vevar igång.

Nio år gammal köper jag alltså min första LP hos Radio-Olsson i Åkers styckebruk. Han har inte så många skivor, är vanligtvis en ganska sur gubbe som inte gillar när vi barn kommer in i butiken. Men den här gången är han på ovanligt gott humör. Jag har endast 25 kronor och eftersom The White album var en dubbel-LP så kostar den 52. Jag får köpa halva skivan. Den första, med Ob-la-di Ob-la-da, Back inte USSR, Rocky Raccoon och andra klassiker. Men jag får bara innerfodralet.

Senare samma dag övertygar Janne Karlsson sin mamma att han kan göra ett otroligt kap för bara 27 kronor och få en skiva, men också hela omslaget med den extra affischen med massor av små bilder på idolerna. Så blir Radio-Olsson av med hela skivan och det bevisas, även för honom, att det lönar sig att vara snäll.

Sne-Ulla

Väldigt många har smeknamn. Vi har Skarven, Gicken, Tomaten, Småland, Gaza, Butti, Hacke och så vidare. Ofta är det utseendet som ger namnet. Rödtopp, Rostis, Drasuten, Tjocken, Bölden, Negerläppen eller något liknande. Så är det bara. Därför är det inte så konstigt att när man ibland möter Sne-Ulla så tänker man bara, där kommer Sne-Ulla och så säger man hej.

Sne-Ulla kallas så för att hon har något fel i nacken som gör att hon tittar snett uppåt hela tiden som om nacken på ena sidan är kortare än den andra. Hon är Sne-Ulla helt enkelt.

Jag är nästan vuxen när jag förstår att jag hade förstått fel hela tiden. Hon kallas inte Sne-Ulla. Hon är Sme-Ulla. Smedens dotter.

Kompisar

Jag har alltid varit en social person. Redan som liten har jag massvis med kompisar. Mest är jag med Håkan som är tre år äldre än mig. Han låtsas inte om mig så mycket när vi träffas i skolan. Men hemma går det bra. Det handlar väldigt mycket om sport. Vi spelar fotboll på hans gräsmatta där den stora eken står och på vintern är det landhockey utanför garagen. Håkans pappa är stins och deras familj bor i det gamla stationshuset. Ovanför dem bor familjen där pappan är chefstins och de har en son är äldre än oss. Han läser porrtidningar som han gömmer i ett förråd vid den gamla gemensamma tvättstugan. Håkan och jag som hittar de spännande tidningarna läser också och stoppar nästan alltid tillbaka dem på gömstället. Men en gång snor vi med oss en Piff som vi tycker innehåller en särskilt dum historia. Det är en insändare till Toffelhjälteklubben där en man skriver om hur det har blivit i hans liv. Han har haft för vana att klä på sig sin frus klänningar när hon är borta och nu har han blivit påkommen av frun i huset. Efter det är han inte längre någon riktig man, anser hans fru och vi ser inre bilder av Selma i Lilla Fridolf. Nu är mannen tvungen att både diska och gå med dammsugaren. Honom är det synd om. Det förstår vi.

I porten bredvid i stationshuset bor Saltarn. Han heter Gustavsson och om honom finns ett grundmurat rykte att om någon försöker att palla hans goda bigarråer, då skjuter han salt på dem med sitt hagelgevär. Alla kan historier om någons brorsa som blivit skjuten av Saltarn och alla vet att det svider som bara fan. Vi har den allra största respekt för Gustavsson.

Ibland brukar vi använda den gamla tvättstugan, som ligger i en förrådsbyggnad femtio meter från huset, som värmestuga när det är kallt ute. Vi vet säkert att Gustavsson inte tycker om att vi är där och vi har väl utarbetade flyktplaner om han skulle komma. Fönstret är alltid avhaspat och i nödfall finns det en plan B. Det är det djupa badkaret där man kan krypa ner, trycka sig mot ena kanten och hoppas att han inte tittar åt det hållet.
En dag kommer han. Jag, Håkan och Micke Bernhardsson är där. Vi upptäcker Gustavsson för sent. Håkan och jag hoppar lätt ut genom fönstret men Micke är för tjock och inte tillräckligt smidig.
Han gömmer sig i badkaret.

Den gången är inte den enda Micke får utskällning av någon. Han har adhd långt innan diagnosen är uppfunnen. Micke har bott de fem första åren av sitt liv i skogen någonstans utanför samhället och då han flyttar in i samhället som femåring har han ingen aning hur man gör när man leker med andra barn, vilket leder till att han ofta blir jättearg, börjar grina, slår oss andra och kastar träskorna på oss. Min mamma säger till honom när jag är med, att om Mikael är dum mot Hans så får Hans slå tillbaka. Micke hamnar förstås jämt i slagsmål. Ofta med dem som var lite äldre så att han får stryk. Men träning ger färdighet och när Micke börjar skolan är det i alla fall ingen av det jämnåriga som tjafsar med honom. Det ger honom en makt som han har svårt att handskas med.

Tommy Svensson som är två år äldre än mig skjuter hårdast av alla barnen. När vi spelar fotboll i början på våren och Tommy fortfarande har sina graningekängor gäller det att inte stå i vägen. Han är teknisk också och vi står många sommarkvällar och trixar med bollen och räknar tillslag. Vi gör båda lätt 500.
Men ibland försvinner Tommy. På somrarna är han borta länge. Om man går och ringer på, då öppnar hans pappa klädd i sin nätundertröja som han alltid har då han sitter vid köksbordet och läser Aftonbladet, och säger bara att Tommy inte är hemma. Han säger inte var Tommy är eller om han ska komma snart. Han bara stänger dörren. Alla kompisar undrar var Tommy är någonstans. Ingen vet. I slutet på somrarna brukar mina andra kompisar berätta var de varit på semester men aldrig Tommy. Ställer man frågan får man inget svar och så glömmer man bort det ändå till nästa sommar. Men det konstiga är när det går rykten om att någon sett honom i Konsum eller någon annanstans i samhället. Då går man och ringer på. Då är han inte hemma. Det är skumt det där med Tommy.

Ingvar. Han är i Skåne på sommaren. Hans mamma Ingrid kommer därifrån. Hon är min mammas kompis och jag och Ingvar har känt varandra sedan blöjåren. Han är alltid målvakt. Både i fotboll och hockey. Han vill helst inte ha mask för det har inte Honken som står i Tre Kronor. Han är svår att göra mål på den rackarn.

Ibland är jag med Janne Karlsson. Janne är en liten satt stark jävel. En sån som andra elever i skolan ställer sig längs väggarna i korridoren när han kommer, för annars kan man få minst en knuff. Janne är också bra på fotboll och ishockey. Två år äldre en mig men vi har också Beatles ihop. Hemma hos Jannes morfar, som kallas Hoitikus, har Janne hela väggarna fulla med Beatlesbilder och där i källaren är det friare än hos någon annan kompis, högre volym, flera mackor, mer chips och mer dricka.

Men min bästa kompis är ändå Håkan.
Tillsammans är Håkan och jag kreativa. Vi har roligt ihop och ensamma tänker vi inte på den treåriga åldersskillnaden. Vi är på samma nivå i idrott. Vi gillar att vara i samma lag då vi på försommarkvällarna klockan sex samlas ett tjugotal pojkar och spelar fotboll på grusplanen framför de nybyggda villorna på Lohes väg.

Ibland vill Håkan och jag vara ensamma. Vi har ett system för det där. Om vi har någon annan kompis som hänger med oss, men vi tycker att det är tråkigt för vi ville olika saker, då säger jag, eller Håkan, ”ska nog hem” och sen säger vi ett tydligt ”Hejsan”, som är koden, och sen åker vi alla tre åt varsitt håll. Tio minuter senare cyklar jag hem till Håkan.

Vi spelar fotboll, landhockey i hans källare, eldar, lyssnar på musik, gör egna låtar som vi spelar in på pappas Tandberg med hjälp av mikrofonen, åker till Stockholm och äter entrecote med bearnaissås och ketchup på pommes fritten, är lika bra på minigolf, spelar pingis i stationsbyggnadens källare där det finns ett tjugotal olika racket och vi spelar turneringar och låtsas vara olika spelare. Jag är ofta Hasegawa från Japan. Vi spelar schack, speciellt den sommaren då amerikanen Bobby Fischer i skuggan av Kalla kriget, spelar mot ryssen Boris Spasskij: Vi åker mycket på ishockey i Södertälje, ser en av matcherna på Hovet då NHL-spelarna är i Europa första gången, tältar, pallar äpplen och cyklar till Sandvik och badar. Vi reser tillsammans, cyklar till Öland, till Helsingör, åker på Fotbolls-VM i Dusseldorf och ser Sverige- Bulgarien, tjuvröker ihop och dricker oss berusade tillsammans första gången. Dessutom är Håkans syrra Helen bästa kompis med Marlen som jag är hemligt kär i. Så när Håkan och Helen ska äta så kan jag in till Marlen i Helens rum en stund. Det gör ju inget.
Jag har aldrig tråkigt med Håkan och ändå glider vi väldigt snabbt isär.
Från 15-årsåldern finns inga fler minnen av Håkan.

Hos farfar

Jag lär mig en del hos farfar. Dels blir jag förstås tvingad att hjälpa till med sånt som har med trädgården att göra. Plocka äpplen, ta upp potatis, klippa gräsmattan, men också andra saker. Jag lär mig landskapen genom att jag titta på ungdomsturneringen TV-pucken på farfars svartvita TV. Jag lär mig räkna när farfar och jag spelar kort. Vi spelar mycket kort. Jag får alltid föra protokollet Vi har en tävling där vi spelar alla kortspel vi kan. Det är sexton stycken, Rödskägg, Krypcasino, 500, vanlig Casino, Vändåtta, Femkort, Grisen och andra. Jag för protokoll. Har en maratontabell som jag uppdaterar en gång i veckan.

Ofta är de vuxna inne och pratar tråkigt på vuxnas vis och då går jag ut i trädgården och trixar med fotbollen. Det gäller att hålla bollen i luften med så många tillslag som möjligt. Jag skriver upp alla lagen i allsvenskan och sedan får alla lagen tolv omgångar med en trixning var. Jag pratar högt för mig själv och kommenterar alla omgångar och lagens stjärnor. Bosse Larsson, Ove Kindvall, Roger Magnusson är bland dem som jag låtsas vara. Då jag inte kan några spelare från ett lag hittar jag på själv eller helt enkelt låtsasvärvar någon känd spelare från en annan klubb. Det händer också att underbarnet Hans Svensson får representera Malmö FF, eller att någon av mina kompisar trixar för något lag. Jag gör så bra jag kan varje omgång, för alla lag. Jag fuskar inte för att mitt favoritlag ska vinna. Därför är det riktigt spännande. Skriver noga upp antalet tillslag med bollen efter varje försök och vid respektive lag. Lär mig hålla bollen i luften länge. Lär mig att räkna fort.

Tänderna i glaset

Pappa har löständer. Vet inte varför. Tänker inte på det så mycket. Han är ju inte så gammal. Kanske har det också med diabetesen att göra.

Det känns konstigt att tänka på att under hela min barndom så var det alldeles naturligt och självklart att det stod ett dricksglas med två lösgommar på handfatet i badrummet. Det känns lite äckligt nästan. Varför stod glaset där? Kunde han inte ställt glaset i ett skåp eller något? Men han kanske inte tänkte så. Han såg ju inte själv glaset. Honom störde det tydligen inte och han visste alltid, som alla andra, var tänderna fanns.

Korvkiosken

Korvkiosken spelar en viktig roll under min uppväxt i Åkers stycke-bruk. Den ligger vid torget, tillsammans med de andra viktiga institutioner, Konsum, Folkets Hus, BP-Macken. Ett av mina tidiga minnen med min pappa är när han och jag, hand i hand, går till Korv-Ville och köper en korv med bröd och det är som en riktig liten fest. Jag kommer också ihåg glädjen då mamma kokar korv hemma och jag blir skickad att köpa tre korvbröd i korvkiosken. Jag älskar korv.

Så småningom tar Korv-Sture över verksamheten. Han är snål. Jag kommer ihåg när jag en gång går dit och köper femtio öre pommes frites och vill ha mer ketchup än den ynka sträng som Korv-Sture lägger på och han trycker ut lite till och jag säger mycket och hur han då sprutar på så mycket att jag aldrig någonsin ska be om mycket ketchup igen.

Men korvkiosken är ändå en slags livräddare då jag, under den hungriga perioden i de tidiga tonåren, kan gå dit och stoppa i mig en grillad special medan jag väntar på att maten ska bli klar hemma.

Men förutom att jag i den korvkiosken lär mig både pommes frites, schweizersnitsel, luffare och så småningom hamburgare har korvkiosken också en funktion som en social plats i samhället. Det är där man samlas. Det är vid korvkiosken samhällets anslagstavla finns och det är på den det sätts upp när det är pojklagsmatcher i fotboll och laguppställningen står. Och det är dit man går när man blir tonåring och vill att någon av raggarna eller någon hippie ska köpa ut några burkar mellanöl på Konsum.

Det är också där den ene av de som kallades byfånarna alltid håller till. ”Ivar i Karlslund” tigger brända korvar av Korv-Sture och berättar för oss ungdomar om sina flickor, sina erövringar i Mariefred och om sin stora kuk. Han luktar lite för illa och har för taskiga tänder för att någon skulle tro honom, men det är ingen annan som berättar sådana historier, så en viss spänning står han ändå för.

Den andra mannen som befinner sig utanför normen i samhället är en kortvuxen man som kallas för Mambo. Han är alltid klädd i svart rock och bär på en påse med tidningar. Man säger att han är förläst. Det är en självklar sanning för oss barn och en varning till de som anser sig kunde studera sig till en klassresa. Vi barn ägnar timmar åt att spionera på honom och följa Mambos vandringar genom samhället.

Det är vid korvkiosken det händer. Fina sommarkvällar kommer Bagarn ner med sin röda Pontiac Bonneville och glänser. Småbrudarna flockas, men det där med bilar intresserar mig inte. Raggarna känns lite farliga när jag är mindre, men mest löjliga medan jag växer upp. Att stå runt korvkiosken i Åkers styckebruk och dricka mellanöl är något jag inte tänker ägna mitt liv åt. Men att bli korvgubbe kan jag faktiskt tänka mig, även om den idén snart försvinner.

En brun Tandberg

När pappa alltmer börjar förlora synen får han hjälpmedel via de blindas förening, som är tänkt att underlätta livet. Bland annat är det en bandspelare. En brun Tandberg med en beige spak, ett slags föregångare till Joystick, som man kan föra neråt för play, till vänster för rewind, till höger för fast forward och uppåt för ett sorts friläge som används då man byter band och sätter fast bandet på den mottagande spolen. Dessutom finns en mikrofon med en fem meter lång sladd till. Mikrofonen kan placeras var som helst i i rummet och sedan kan man spela in allt som sägs eller görs.

Pappa roar sig med sin nya teknik och smygspela in samtal och händelser. Det blir liksom live ifrån 50-talet att idag lyssna på de banden. Det mesta är väldigt segt men ibland får vardagskommunikationen liv. En gång har pappa morbror Sven och moster Elna på besök och de berättar, ovetandes om att de är inspelade, hur de har varit med sin son Stig på en resa, i sin nya Volvo, ända till Småland. Och de har bland annat passerat Östgötaslätten och Elna utbrister:

- Du kan inte tro det om du inte varit där. Det är så platt. Man kan se hur långt som helst.
- Ja, det var storartad, fyller Sven i. Att det är så platt. Vilka åkrar!

Sen har de varit i Åseda i Småland och de berättar om vilket stort och fint Folkets Hus som finns där. Det hörs tydligt på bandet hur uttalandet tar ner stämningen i rummet och hur farfar och pappa blir skeptiska och undrar om det verkligen var större och finare än det Folkets Hus i Åkers styckebruk som de själva varit med och arbeta fram och bygga. Det har de svårt och tro.
Jag vet inte om Sven förstår att han sårat deras stolthet, men i alla fall backar han och säger att riktigt så fint är det nog inte. Men fint var det.

Det märkligaste samtal som finns inspelat är när pappas kamrat Sven-Erik är där. Sven-Erik låter väldigt dryg, nästan elak och de pratar om pappas närstående blindhet. Pappa uttrycker väldigt få, om några, känslor. Det är som det är. Kanske beror det på han själv vet att det spelas in. Eller också kanske det är så att han helt enkelt är ovan att prata om hur han känner sig.

- Då kommer det att bli helt svart då? funderar Sven- Erik.
- Ja, jag märker ju hur det blir sämre. Men det ska nog ordna sig. Jag
lär mig blindskrift nu och det finns en tidning som heter Veckobladet
som jag ska få.
- Tror du verkligen att du kan jobba då?
- Ja, säger pappa med plötsligt säker röst. Jobba ska jag.

Men inte ett ord om att det känns skrämmande eller ens det minsta
uttryck för oro. Att bli blind det är ju för de flesta människor värsta
mardrömmen. Inget om att livet håller på att inskränkas. Inget om hur
vänner och bekanta kommer att reagera. Inget om hur det ska gå att få
barn. Inget om vad han kan komma att sakna. Ingenting. Kanske är det
ett sätt att klara av det, att inte grubbla. Kanske säger knappheten mer
än en ordrik förklaring.

Ett annat av banden innehåller farfars tal till brukspatron, som fyller
jämt. Från 1963. Farfar är ursosse. Han har varit med och kämpat för
allmän rösträtt, läst de klassiker man kunnat köpa billigt genom Fib
Kulturfront och han har varit med i studiecirklar anordnade av Soci-
aldemokraterna. Han är en av dem som har fått en kort skolgång, men
läskunskap och vilja att förändra till arbetarnas fördel. Han har små-
ningom fått bygga eget-hem med lån från kommun på billig mark från
Bruket. Han har sett samhället byggas upp och hur människorna fått
det allt bättre. Sett hur det byggts lägenheter, ny skola med idrottshall
och simhall, flera affärer och ett Folkets hus. Han är en socialdemokrat
från den generation då arbetare och chefer börjar tala med varandra
och tanken på alla likas rättigheter har börjat få fäste hos överheten
i ett litet samhälle som Åkers styckebruk. Talet till brukspatron som
började samarbeta med arbetarna, är en unik hyllning som farfar också
är stolt över. Man hör hur hans röst darrar när han talar. Myndigt och
allvarligt.

Det finns säkert några vänstersossar eller kommunister där i Folkets
Hus som lyssnar till farfar Kalles tal och tänker att han är en förrädare
och en sådan som fortfarande tar av sig mössan då brukspatron spatse-
rar genom egnahemsbyggena.

Men kanske är det så att stoltheten och tillhörigheten till samhället så djupt präglar Åkersborna, att ägaren av själva samhällets hjärta, fabriken, faktiskt accepteras av arbetarna. De har trots allt varit med om att tillsammans bygga Sveriges folkhem. De har fått det otroligt mycket bättre materiellt än sin egen föräldrageneration. Det har Åkersborna gemensamt.

Bruksandan

Det är på många sätt en stor ynnest att växa upp i ett brukssamhälle med en industri som det går bra för. Jag tror att den sammanhållning som finns och som utmynnar i den stolthet som finns runt byggandet och användandet av Folkets Hus senare förs över till Åkers IF. De flesta är involverade i idrottsföreningen på något sätt. Idealismen är också självförverkligande. Åkersborna bidrar och känner framstegen. Man behöver inte ha egna barn i ungdomslagen för att hjälpa till. Man är med för att det är roligt och för att ens vänner är det. Man bidrar till samhället och känner delaktighet i det som kallas bruksanda.

Om man som jag är idrottsintresserad så finns det organisation bakom och det behöver inte kosta en massa heller. All finns utrustning att låna. Till och med ishockeyklubborna får vi gratis. Det är så självklart att ingen ens tänker på det. I alla fall inte vi barn.

Det är inga stora krav som ställs på oss ungdomar, men några saker får vi ändå bidra med. Ibland säljer vi lotter, vi är med och planterar skog, men det som oftast kräver vår hjälp är att ställa ordning i Folkets Hus stora sal inför söndagarnas attraktion. Bingon.

Nästan varje helg är det fullsatt. Det kommer mängder av människor inte bara från orten utan också spelare så långt ifrån som Eskilstuna och Södertälje. På söndagseftermiddagarna råder parkeringsanarki runt torget i Åkers styckebruk.

Jag vet inte om det är något speciellt med just Åkersbingon. Kanske har de fina priser. För det man kan vinna är inte pengar utan prylar. Och på sextiotalet och i början på sjuttiotalet så är det en prylexplosion som präglar samhället. Det vi grabbar från pojklagen får bära fram till scenen är kobratelefoner, transistorapparater, svartvita Tv-apparater, jordglobar, LP-skivor, brödrostar där man stoppar in brödet i maskinen och sedan hoppar brödet automatiskt upp när det är färdigt, ishockeyspel, skivspelare, kassettspelare, viewmasters, teserviser i brunt, våffeljärn, psykedeliska sammetsaffischer, vaxdukar, elvispar och annat som lockar i stora skaror.

Ibland när vi blir lite äldre får vi hjälpa till att ställa tillbaka alla stolar, bord och de priser som inte vunnits. Då får vi gratis korv och bröd av tanterna Ebba och Rut som inte bara säljer korv varje gång a-laget i ishockey eller fotboll spelar match utan också på alla bingodagar. Bruksandan.

Sommarmorgon

Åter i Näshult går pappa och jag i förväg till badplatsen. Mamma brukar diska, bädda, städa upp lite och gå förbi den lilla affären och köpa persikor innan hon kommer ner efter oss. Det är folktomt så tidigt på morgonen. Pappa och jag tar på oss badbyxor och jag leder oss ner till vattnet, ut på bryggan och det som brukar vara så enkelt förstörs av att bryggan på ett ställe är hal, att jag inte ser och varnar pappa, att han halkar och ramlar och faller i vattnet.

Det är det fallet som gör att han bryter benet och blir gipsad och jag vet inte, men det har alltid funnits inom mig att det är den stillasittande perioden som är början på det som leder till små proppar. Att det är början på den period där pappa i slutet av sitt liv blir sittandes i sitt hörn i köket.

70-talet

Tågluffarkortet

V-jeans

Progg

Disco

Pinochet

Ingemar Stenmark

Oljekrisen

Lotteririksdag

Pol Pot

Björn Borg

Afghanistankriget

Punk

Tio år och livet är I Åkers styckebruk. Där finns hemmet, farfar, skolan och kompisarna. Jag har bruna rektangulära glasögon och farfar klipper mig fortfarande, men inte längre med den manuella hårmaskinen som han klipper pappa med. Håret klipps med sax, längs luggen till tinningarna och sedan är håret långt till fem centimeter nedanför örat. Där görs nästa raka klipp. Runt om. Jag har ofta jeans och jeansjacka i samma färg, Cyklar på en tjugofyratummare med limpa. Rör mig fritt med cykeln över ganska stora ytor.

Vi har som en spännande hemlighet att elda. Vi skaffar tändstickor och sedan gör vi små brasor i den lilla skogen bakom stationshuset. Lite större och större. Det är läskigt några gånger och vi trampar desperat när elden sprider sig, men vi klarar det och det blir inga eldsvådor. Däremot har vi hört om några som har eldat så att brandkåren fått rycka ut. Hoppas att det inte ska lukta rök om kläderna när jag kommer hem.

Mamma har börjat ta körkort och farfar bygger garage på sin tomt. Pappa jobbar fortfarande och vi åker till Småland på sommaren. Åkersskolan byggs om och min klass får åka skoltaxi varje morgon till gamla kyrkskolan som är ett fantastiskt hus med stora klassrum och ser ut som en Bullerbyskola. Där börjar vi förstå att vi är en jobbig klass. Dessutom får vi vikarier för att vår lärare blir gravid igen. Vi har sex-sju tjejer i klassen. Det är några av dem som är drivande då vi låser in en av lärarna i ett skåp i klassrummet. Det är en kollektiv blandning av skam och stolthet. I parallellklassen som består av fem killar och resten tjejer är det en bättre studiemiljö. Kanske diskuteras det om klasserna ska göras jämnare. Kanske har man inte så många pedagogiska diskussioner. Kanske är det bara som det är. Hur tänker rektorn?

Jag spelar ishockey hela vintern. Jag är en av de bästa i min åldersgrupp och cyklar med skridskorna på till hockeyrinken som ligger vid skolan. Jag håller hårt på Leksand i allsvenskan. Det är pappa som säger att jag ska hålla på Leksand. Det är ett litet samhälle där man gör det bra och står upp mot de stora klubbarna från Stockholm och Göteborg. Tvillingarna Abrahamsson är mina idoler. Christer är målvakt och använder inte ansiktsmask. När det så småningom blir obligatoriskt så skaffar han en liten munkorg som inte skymmer sikten.
Han är hård Christer.

Bordtennisen tar också mycket av min tid. Tränar tisdag, torsdag och lördag i den stora sporthallen. Vinner en massa tävlingar runt om i Sörmland. Flen, Katrineholm, Nyköping och Eskilstuna. Vi åker iväg med en hyrd buss och representerar Åkers IF. Jag betalar aldrig något för det där. Inte mamma eller pappa heller.

Jag har läst ut alla femböckerna och Äventyrsböckerna, läser Alfred Hitchcook och tre deckare löser typ "Heliga ringens mysterie". En serie sådana böcker. Och serietidningar. Som inte är fint nog att läsa, men som lär lika många barn att läsa som skolan gör. Ungefär som internetspel fungerar för ungdomars engelska idag.

Jag kan inte påminna mig att läxläsning får plats under dagen. Däremot läser jag Strängnästidningen varje morgon. Ofta kan jag läsa om mitt lags matcher och ibland står mitt namn som målskytt och efter pingisturneringar kan det vara en bild. Jag följde också allsvenskorna ingående, kan var lagen ligger i tabellen och kan poäng och målskillnad. Samlar på fotbollsbilder också. Det är fotbolls-VM i Mexico. Orvar Bergmark är förbundskapten och Ove Kindvall den stora stjärnan. Brasilien vinner, Pele är som bäst, men jag gillar Jair, högeryttern.

Farfar har fortfarande svartvit TV. Vi har ingen alls. Alla hade TV utom vi. Är det för att pappa är blind? Jag och mamma då?
Jag får titta hos farfar och ibland på lördagskvällar går vi till Nilssons i porten bredvid och tittar på High Chaparall.

Det är det år pappa blir sjuk och vi flyttar till en trerummare. Jag får eget rum. Jag får välja tapet själv och väljer en mörkt gul vävtapet. Mamma och pappa tar med sig bäddsoffan och placerar den i sitt sovrum. Stora rummet blir ännu större men används fortfarande inte. Men här, i den nya lägenheten rör sig pappa inte längre obehindrat. Det är den sommaren han har brutit foten, blivit stillasittande och troligen fått en liten hjärnblödning.
Foten läker, men stegen är osäkra nu och han känner sig fram efter väggarna. Sitter gärna i den hörna, som blir hans, i köket. Transistorradion framför och huvudet sänkt nedåt, lite trött. Det blir aldrig riktigt bra för pappa i den nya lägenheten.

Jag får en riktig säng och sängskåpet jag haft byggs om till skåp med hyllor som jag fyller med mina serietidningar. Mot slutet av året köper vi till slut en svartvit TV. Farfar kontrar med färg, så att jag ska fortsätta och komma. Jag upptäcker hur bra det är att titta på tipsextra i färg. Det går att skilja på lagen. På den svartvita blev alla ljusa tröjor vita och spelade ljusblå mot vita hade man ibland bara strumporna som skiljde åt. Det är hos farfar jag får börja se deckare. Snobbar som jobbar, Colombo och Cannon på lördagskvällarna i farfars nyinköpta orangea snurrfåtölj är högtidsstunder.

Jag hoppar 3.96 i längd på skolmästerskapet köper ett par Adidas Orvar med skruvdobb, på postorder, som aldrig riktigt passar utan ger mig skoskav och inte alls bidrar till min fotbollsutveckling. Men visst finns det status i skruvdobb.

Stolthet och skam

Min mamma är154 cm lång, nästan rund, envis och tar körkort då hon är 50 år gammal. Orsaken till körkortet är att det ska bli lättare för min pappa och att det skulle bli smidigare att åka till Småland. Att hon ska bli en av dem som skjutsar mig och de andra i pojklaget till diverse matcher runt om i Sörmland, tror jag inte riktigt hon tänker på, men som hon sedan ändå gladeligen gör.

Nära tre års slit med flera misslyckade uppkörningar bakom sig kommer hon en dag hem med kortet och mamma och farfar åker till Saab i Strängnäs och köper en V4 i den fantasifulla färgen Silvermink. Ett stolt ögonblick hos familjen Svensson.

Förutom att mamma blir stoppad av polisen ett par gånger för att hon kör för sakta, så händer ingenting allvarligt på vägarna. Hon sitter på sin kudde och kikar ut över ratten med koncentrerad blick. Att det är skitballt av denna tantiga tjockis att ta körkort vid femtio och att det dessutom är superschysst att ställa upp och köra alla barnen till olika matcher är det ingen som skänker en tanke. I stället blir hon typ straffet för de killar i laget som har låg status och blir tvungna att åka med min mamma. Och jag mest skäms.

Men skäms över sina schyssta föräldrar är det fler som gör. Ingvar också. Hans pappa Bror skjutsar ännu oftare än min mamma, har också en Saab V4 och han har jättekonstiga händer. Stora knotor som sticker upp vid tumroten och som ser äckliga ut. Sådant skänks tankar och kommenteras.

Bror förresten, han har också diabetes. Som pappa. Men är inte blind. Annars hade ju det varit ballt. Om han hade kört runt ungar i sin v4 och varit blind menar jag. Men nu har han bara diabetes. Och tar sprutor, i låret, som pappa. Som är riktiga sprutor i metall med tre-fyracentimeters nål och som kokas i kastrull på spisen för att desinficerades.

Rätt ska vara rätt

I vår trappuppgång bor vi och Oscarssons högst upp. Mamma Oscarsson är från Dalarna och sönerna som är jättelånga heter Mats-Göran och Jan-Peter. Under oss bor Asterlunds med barnen Lena och Bo och bredvid dem Zettervalls. Zettervalls festar. Vilket är negativt, anser min mamma för det betyder att de dricker alkohol. Vilket min mamma aldrig gör eller har gjort i hela sitt liv.

Det har hon fått med sig från Småland. Hon har undgått att bli kristen, liksom många i hennes släkt, men absolutist har hon blivit och det har hon fört in hårt i vår familj. Jag vet att farfar smygtar sig en hutt då och då, men för pappa var det stopp då han träffade mamma.

Men det var inte därför jag blir ungdomsmedlem i IOGT-NTO. Det beror helt enkelt på att jag spelar bordtennis. Under ett sportlov, jag kanske är elva, har man satt upp två pingisbord i ett klassrum i Åkersskolan. Jag är där och spelar, men på andra sidan en glasdörr, i en annan korridor, är det något slags ungdomsträff. Och där inne finns några jämnåriga som leker lekar och får godis. Vi vill också ha godis, men för att få det är man tvungen att skriva på ett papper. Så vi gör det, får vår godispåse och kan återgå till vårt pingisspelande. Nu som medlemmar av en nykterhetsorden. Vilket i sin tur leder till att det i fortsättningen kommer en medlemstidning som heter Accent adresserad till mig.

Men mamma Karin är inte nöjd. Hon skulle kunnat vara det, med en son i logen, men inte som det har gått till. Hon vill verkligen inte vara medlem av en förening som lurar in små barn med godis och om det är så det går till så ber hon att tacka för sig. Vilket förstås leder till att nykterhetsföreningen ber om ursäkt och jag tas bort som medlem. Tack för det, mamma.

Den första cigaretten

Farfar röker pipa. Köper ett paket Tigerbrand och ett paket Greve Hamilton och sedan blandar han dem och lägger blandningen i en burk av silver. Men han har också cigaretter av märket Bill i en låda i köket. Det är så jag lär mig att röka.

Den första gången jag snor en cigarett och en kompis har köpt en ask tändstickor går vi till den lilla dungen vid det övergivna huset, som kallas spökhuset, för att röka den. Då kommer plötsligt Reijo Kankunen och Stefan Hördell. Just dem. På fel plats. Just då. Tre år äldre än mig och med ett ryckte om sig att vara lite farliga. Stefan Hördell har jag ingen god relation till.

En juldagsmorgon flera år tidigare, då jag tagit på mig det mesta av den nya hockeyutrustningen jag fått i julklapp och gått ut bakom vårt hyreshus där det fanns en uppspolad is så kom också Stefan Hördell. Efter en stund hade hans puck kommit bort i all snön och han undrade om vi skulle passa lite. Det var så han fick syn på inristningen på pucken som min farfar gjort till mig. HS för Hans Svensson.

- Det där är min puck, sa Stefan Hördell.
- Nej, det är min.
- Det står mina första bokstäver i mitt namn, sa Stefan och visade pucken upp och ner.

Jag hade inte haft en chans. Det fanns ett underliggande hot, som strålade ut från ögon och ansiktsuttryck, som talade om möjligt våld.

- Har ni cigaretter? säger han nu. Ge mig?

Lika chanslös igen. Samtidigt som jag lär mig att tycka illa om människor som hotar sig till saker så tänker jag att det är lite synd om dem. Det kan väl aldrig, djupt inne i samvetet, kännas okej att skrämma andra.
Samtidigt vet jag att farfar har flera cigaretter i sin låda.
Och att det finns säkrare platser.

Konsumkvitton

Vi samlar kvitton från Konsum. En gång om året är det sammanräkning. Jag får hjälpa till att lägga i högar. Upp till 10 kronor, upp till 100 och däröver. Sedan räknas summorna ihop, skrevs upp på ett papper varpå högarna gummisnoddas och läggs i en påse. Sen tar mamma med sig kvittona till Konsum dagen efter och någon månad senare kommer årets återbäring på ett utbetalningsbrev från posten.

Jag tycker det var roligt att räkna. Har känslan av att det är mycket pengar det rör sig om. Hela processen känns nästan lite högtidlig. Är det så för mamma och pappa också? Eller är det bara en jobbig grej som de är tvungna att göra? Kanske de lurar mig, för att få mig att räkna. Träna på det.

De blindas jultidning

Vi säljer Julglimten, de blindas jultidning. Det är en tid för och mig och pappa att göra något tillsammans. Vi går runt i hyreshusen och säljer. Utanför varje dörr vill pappa veta viket namn som står på dörren. De flesta jobbar på bruket, han känner dem, eller har i alla fall en aning om vilka det är. Det händer att vi inte ringer på, någon som pappa inte vill prata med, men alltför ofta är det "Kom in Kom in" och då vet jag att vi ska stanna alltför länge. Jag vill sälja och tjäna så mycket pengar som möjligt. Det är en lättsåld produkt. Här kommer den blinde fadern med sin son, till en massa människor han känner och säljer en behjärtansvärd tidning som stöd för de blindas förening och en möjlighet för en son att göra en insats. Klart alla köper.

För pappa är säljandet en social företeelse. Han tycker om att prata och jag sparkar honom försiktigt på smalbenen eller drar i jackärmen när jag tycker det är dags att gå. Vi skulle säkert kunna sälja tjugo per kväll, men med vårt tempo blir det bara tio. Ändå är det många intjänade kronor.

Mamma frågar oss alltid när vi kommer hem om pappa stannat och pratat för mycket. Retas lite med pappa, för hon vet. Och hon lovar mig att ta med pappa i helgen och gå en promenad och sälja tidningar, så ska jag få den vinsten också. Hon säger att jag är duktig som låter pappa få prata. Hon vet ju hur roligt han har. Kanske tänker hon att det är bra för mig med. Att vara artig, eftersom vi säljer, att ha tålamod och även att far och son gör saker ihop. Det är annars inte helt lätt med pappa. Han spelar inte fotboll med mig direkt. Eller kommer och kollar på mina fotbollsmatcher.

Vi säljer 300 exemplar varje december. De första åren får jag två kronor för varje såld tidning och sedan tre. Det är nästan tusen kronor.

Det sista året får jag gå runt själv och sälja. Pappa orkar inte. Att gå i trappor är inte lika lätt. Att tala med en massa människor tilltalar inte lika mycket. Många frågar om jag kommer själv i år. Andra vet och frågar inte. Några undrar hur pappa mår och ber mig att hälsa. Jag säljer inte lika lätt, men trots allt fler per kväll än pappa och jag gjort. Det är ändå en tröst.

Vi gör likadant som när vi räknar kvitton, men nu är det sedlar och mynt. Vi lägger i högar, buntar ihop med gummisnoddar och i små påsar för mynten. Högtidligt att räkna pengar. Som avslutning får jag mina pengar och mamma kokar några varmkorvar för att fira. Familjen har gjort ett bra jobb.

Nollåttor?

Vi åker på Bordtennisläger i Kramfors. Det är jag, Håkan, Tomas och Mats-Göran. Ett stort äventyr för en tolvåring. De andra är äldre än mig. Mats-Göran är då 14 år, nära två meter lång och full av växtvärk. Han är den stora stjärnan från Åkers IF. Alla andra deltagare på lägret kommer från norra Sverige och vi är i deras ögon 08-or. Stockholmare! Värsta sortens människor! Vi som kanske varit i Stockholm ett par gånger om året, på sin höjd.

Den första dagen börjar med lite lätt pingis innan det hela startar ordentligt med ett fyspass i elljusspåret. Då kan tyvärr inte Mats-Göran vara med på grund av ont i hälsenorna. Vi andra får springa skiten ur oss medan Mats-Göran hjälper till att ta tid. På eftermiddagen är det pingis igen och då är Matsen med och spöar upp allihop.

Vi sover 30 unga killar i en gymnastiksal på sådana där ganska hårda gråa mattor man slår kullerbyttor på. Alla har gröna tygsovsäckar. På eftermiddagen den andra dagen, efter träningen går vi från Åker ut och tittar på staden. När vi kommer tillbaka möts vi av åsynen av en sovsäck som är upphissad i de romerska ringarna. Mats-Görans. En massa norrländska killar ligger på brottarmattorna, håller käften, låtsas upptagna och följer spänt nedsänkningen av sovsäcken. När Mats- Göran får ner sovsäcken är den blöt och kladdig. Det blöta är sockerdricka. Och för säkerhets skull har man också smulat ner hårt bröd inuti sovsäcken.

Resten av veckan är inte Mats-Göran den bäste och vi "08-or" gör inget väsen av oss.

Kumlarymningen

Under en period på sommaren 1972 brukar vi samlas hos någon som har föräldrafritt på dagarna och busringa. Vi hittar konstiga namn i telefonkatalogen, som Sture Stake och vi ringer upp honom, hör hur han svarar och då skanderar vi "Sture Stake i givakt, res din stake i takt" och har väldigt roligt. Eller så ringer vi snygga tjejer och säger ingenting, eller beställer bilprovning eller tandläkartid till någon, eller annat kreativt.

I slutet av sommaren sker det osannolika. Natten den 17 augusti 1972 rymmer 15 av Sveriges mest kända brottslingar från Kumlabunkern, den mest rymningssäkra platsen som svensk fångvård har att erbjuda. Däribland Lars Inge Svartenbrandt och de två jugoslaver som året innan brutit sig in på jugoslaviska ambassaden och skjutit ambassadören. Under flera dygn pågår jakten på rymmarna. Plötsligt befinner sig gräddan av Sveriges brottslingar runt om i de mellansvenska skogarna. Svenska folket är skärrat.

Dagen efter samlas vi hemma hos Micke Bernhardsson. Självfallet är vi alla insatta i vad som har hänt och när någon kommer på att vi skulle använda oss av dagens nyheter tycker vi att det är en lysande idé.

Vi letar upp telefonnummer till bönder i Nykvarntrakten. Kommer överens om att den med mörkaste och myndigaste rösten ska hålla i samtalet och ringer sen upp.

- God dag. Det är här är poliskonstapel Larsson vid Södertäljepolisen. Ursäkta att jag stör, men Ni har säkert hört talas om de fångar som rymt från Kumlafängelset. Det är nu så att vi har anledning att tro att två eller tre av rymlingarna kan befinna sig i era trakter. Därför skulle vi gärna be Er att ni samlar ihop er familj i huset där ni bor och låser dörrar och fönster. Kan det gå bra? Vi ringer om en halvtimme och kollar av hur det gått.

Farfar.

Farfars hus är mitt andra hem. Jag är mycket där. Farfar ser till att jag trivs. Barnverktyg i källare och till trädgården. Han köper ett tält så jag och mina kompisar kan tälta på gården. Han spolar isbana bakom bersån på vintrarna. Vi spelar kort. Han låter mig se sena TV-program. Efteråt sover jag bredvid farfar i hans bäddsoffa med utdragssäng. "Good night my little boy", brukar farfar säga med en av de få fraser han kan på engelska. Jag lyssnar till när hans andetag blir lugna och regelbundna och somnar sedan obekymrat.

Farfar delar med sig av några av sina hemligheter till mig. Han visar mig olika medel han beställer, som ska göra att håret växer ut igen. Han hoppas fortfarande, 45 år efter att han haft sjukdomen som gjort honom kal. Det händer inget. Inget hår växer ut.

Jag vet vilken tång han använder när han drar ut värkande tänder. Mamma tycker det är skamligt att farfar som annars är en sådan ren och prydlig man inte ser till att sköta sina tänder. Farfar är helt enkelt fobiskt rädd för tandläkaren. Tången är kraftig och skrämmande. Jag ser honom aldrig dra ut några tänder, men de blir färre och färre.

Farfar har två hemliga fack. I trappen ner till källaren. I den ena finns spriten. En kvarting renat. Jag tror inte han dricker speciellt ofta, men han gömmer den så klart för min mamma. Jag säger inget. I det andra hemliga facket har farfar en pistol. Den är jättespännande och det är en superhemlighet. Den får jag aldrig nämna. Vad han ska ha den till förblir oklart. Jag funderar över den ibland.

Från att jag blir tonåring kommer jag inte till farfar lika ofta. Egna kompisar tar alltmer tid. Vi skaffar egen TV. Farfar säger att han saknar mig. Men jag träffar ändå farfar som kommer till oss varje dag och äter. Det är middag halv fem, som alltid när både farfar och pappa hade arbetat. Alltid varmrätt och efterrätt. Äkta husmanskost. Efterrätten är ofta kräm. Farfar betalar för sig. Rätt ska vara rätt. Där om är mamma och farfar överens. Han är glad för den måltiden, tycker om mammas mat.

Farfar har en hammock i sin trädgård. Jag ligger i den under ett täcke och med en kudde som luktar farfar. Luften är så lätt att andas, näsan blir lite kall, men annars är jag varm och ro fyller tillvaron där inne i bersån.

Jag älskar farfar. Vi hör ihop. Jag tänker inte så mycket på det men jag vet ändå att jag är det viktigaste som finns i världen för farfar. Det är en sådan känsla som en farfar ska ge.

En dag säger mamma till mig att hon är rädd att farfar har förtagit sig när han byggde garaget till mammas Saab. Han är sjuttio. Det är gammalt. Farfar har jobbat i smutsen hela livet. Arbetarna på bruket har fått oerhört förbättrad arbetsmiljö under farfars arbetsliv, men ännu det året då han går i pension är arbetarna varje dag sotiga och smutsiga från topp till tå. Hur var luften de andades in?

Final

Klockan åtta på morgonen ska laget samlas för att spela säsongens viktigaste match. Finalen i Sörmlandsolympiaden i ishockey för 12-åringar mot Södertälje SK. Vi har ett bra lag och vi kan faktiskt vinna mot Södertälje som annars är outstanding i Södermanlands alla pojklagsserier. Men just i år vet vi att vi kan vinna för vi har slagit dem tidigare under säsongen.

Kvällen innan har det varit ett annat avgörande. Åkers IF-s A-lag har kvalat till en högre division. Alla i bygden är involverade och lokaltidningarna, det finns två, Strängnästidningen och Folket har skrivit om matchen hela veckan och spekulerat. Det här är tidigt 70-tal och långt innan internet och mobilernas tid så det finns ingen direktrapportering, men Strängnästidningen har ordnat med en för tiden fantastisk service. En telefonsluss dit man kan ringa och följa matchen. Vi sitter, några killar från pojklaget, hemma hos Kennet och hans pappa ringer en gång i kvarten. Vi leder efter första perioden. 2-2 efter den andra. När Kennets pappa ringer i mitten av den tredje perioden är det kört. 5-2. Vi ringer inte mer.

Jag tar som vanligt min blå hockeytrunk över axeln och cyklar ner till idrottshallen. Jag är först där, men strax kommer några killar till och vi väntar på att ledarna ska komma för att låsa upp till omklädningsrummen så att vi kan påbörja uppladdningen. Vi är spända. Vi pratar om a-lagets match förstås och vi är alla djupt besvikna. Vi ska i alla fall göra vårt för ortens heder. Då kommer det en buss som kör nästan ända fram till omklädningsrummen. Bussen stannar, dörrarna öppnas och ut ramlar en av a-lagets bästa backar. Kräks i den vita snön. Flera raglar ut. Skrattar, halsar sprit och röker. Alla så jävla skitfulla. Våra idoler. De vi suttit uppe kvällen innan och hårt hållit tummarna för.

Några timmar senare förlorar vi finalen mot Södertälje SK.

Egen maskin

En eftermiddag då jag kommer hem från skolan sitter pappa i köket med ett stort bandage på pekfingret. Han har fastnat i sin kipphyvel på morgonen. Han är arg och besviken. Trots löften att ingen ska röra den har någon på nattskiftet använt hans maskin. Det gör ont förstås men fingret är kvar, om än med ett tiotal stygn. Han kan inte förstå att det inte går att respektera hans blindhet, förstå att hans inställningar och hans påtvingade notoriska ordning med arbetsredskapen är livsnödvändiga. För att han ska kunna arbeta i verkstaden överhuvudtaget. Han ser det som om det är elakheter riktade mot honom som person. För han vet att det finns de bland arbetarna som på allvar tycker att det är orättvist att pappa får gå tio minuter innan visslan tjuter att dagskiftet är slut för dagen. Och ändå är det bara den kloka praktiska lösningen för att det är trångt och besvärligt att vara blind när 300 svartsmutsiga verkstadsarbetare ska trängas samtidigt i duschen. Hur den oginheten kan existera överstiger hans fattningsförmåga. Och nu måste han vara hemma i veckor från arbetet igen. Han hatar att vara sjukskriven. Han hatar att vara sjuk.

Tandemcykeln

Den första resan utan föräldrar gör jag som nioåring då jag åker med Åkers IF till Göteborg och spelar bordtennis och har en kväll på Liseberg tillsammans med min kompis Håkan. När jag är tolv åker vi till Jönköping, bor hos min kusin Lena som just då har drabbats av den småländska farsoten, fått en uppenbarelse av Jesus, blivit frälst och gått med i frälsningsarmén. Håkan och jag lider inte så mycket av det, utan utforskar stan själva, åker och badar och gör små utflykter till Gränna och Visingsö.

Året efter, tretton år, cyklar jag och Håkan till Öland på tandemcykel. Det är så att mamma och pappa några år tidigare kommit på att de behöver komma ut själva och om nu inte pappa kan cykla själv så får mamma vara ögonen, sitta fram och styra. Problemet är att hon är kort och tandemcyklar faktiskt är byggda för att mannen ska sitta fram. Cykeln har en ram med en stång som sitter högt upp, Mamma kan inte sitta där. Men farfar är svetsare. Fixar. Flyttar ner stången ett par decimeter och genast skapas det ett samtalsämne i samhället. En kvinna fram, som bestämmer! Några tycker det är upprörande på allvar. Medan andra enbart ser det vackra. En blind man som nu återigen kan uppleva glädjen över att cyklande känna luftdraget mot kinden på väg mot badstranden en sommarmorgon.

Men nu är det 1973 och Håkan och jag lastar tält, sovsäckar och en del kläder på cykeln, får tvåhundra kronor var och ger oss iväg. Första anhalten är Flen, efter fem mils cyklande. Därefter dagsetapper till Katrineholm, Norrköping, Söderköping, där vi hos en släkting till Håkan ser Sverige spela 3-3 mot Ungern och därför endast behöver besegra Malta för att få spela i VM i Tyskland sommaren efter. Sen åker vi till Valdemarsvik och Västervik, där vi bor på ett vandrahem och blir bjudna på öl och cigaretter av några snälla killar som åker motorcykel. Därefter till Kristdala i Småland där Håkans mormor bor och där vi fyller på vår reskassa med ytterligare tvåhundra kronor var. Det är tungt ibland på cykeln, men mestadels fungerar det bra. Vi kommer till Kalmar, bor hos Håkans farmor och gör dagsutflykter över den då nästan nybyggda Ölandsbron. Bara det är spännande.
På midsommarafton på en festplats på Öland är vi inne i ett rum där det fanns spelautomater. Det finns en maskin som föreställer ett skepp

som har åror som sakta sveper med sig de enkronor som man lägger ner i maskinen med förhoppning att årorna ska stöta ner fler kronor än man lagt i. Om man har tur och dessutom stöter till maskinen lite försiktigt kan det droppa ned en enkrona eller två utan att man stoppat i någon själv. Där står vi och hoppas när det plötsligt klirrar till och när vi vänder oss om sprutar enkronor ut från en enarmad banditmaskin där ingen står. Enkronor fyller snabbt lådan där man plockar upp vinstpengar och sedan fylls golvet. Först av enkronor och sedan av tonåringar som fyller fickorna med mynt. Det blir en bättre midsommarafton än vi trott på den första helt egna resan. Det skulle bli fler.

Bara för att...

Det är höst och jag är 13 år och det är dags att konfirmera sig. Nästan alla barn gör det. Det är liksom ingen sak. Det är endast några få av mina jämnåriga som inte går till konformationsundervisningen. Varför kommer inte de? Finns det någon genomtänkt orsak bakom hos dessa barn eller hos deras föräldrar? Som att det nog inte finns någon gud. Eller är det för att man faktiskt vet att bibeln sattes ihop av ett gäng biskopar och att de också bestämde hur den rätta tron skulle se ut. Ett politiskt religiöst beslut utan större inblandning av något heligt. Eller är det bara att lusten saknas.

En gång i veckan ska man gå till konfirmationsundervisning med prästen i församlingshemmet. Roligare saker finns att göra. Och prästen, han hade gärna sluppit oss. Att tala om verkligheten med tonåringar har inte blivit modernt. I alla fall inte i kyrkan. Sex, känslor, relationer, vänskap och mänskliga rättigheter är knappast kyrkohederns sak. Det är att, bara för att han måste, berätta om Jesus för oss. De stora frågorna, de utan svar, som meningen med livet, skapelse och vad som händer efter döden är inget som kan diskuteras och funderas över. Det finns ett färdigt svar som vi förväntas lita på och som avslutning konfirmera i vår uppriktiga tro. Ingen är intresserad och det är ingenting prästen lyckas förändra. Det är mest en massa måsten som vi konfirmander egentligen inte vill delta i. Minst tolv gånger måste vi gå på gudstjänst och man ska få en signatur av kyrkoherden i en bok att man deltagit. Vi fuskar förstås. Några kanske är i kyrkan en eller två gånger och signerar övriga tillfällen själva. Vi vet att det funkar bra. De som var äldre än oss har sagt att det gör det. Att prästen ändå inte bryr sig. Jag går kanske sju gånger. Det är tråkigt. Och kallt och hårda bänkar och trista sånger.

Kyrkan sabbar ju bara. På söndagarna är allting stängt. Andra helgdagar likaså. Det mesta som har med kyrkan att göra är hårt, tråkigt och förljuget. Och den enda gång som det blir lite spännande med Jesushistorien är när den blir rockopera, Jesus Christ Superstar. Det gillar inte kyrkan det alls. Den debatten följer jag i tidningarna och jag håller inte på den kyrkliga falangen att det är hädiskt att göra rock av det heliga. Jag gillar Jesus Christ med Deep Purplesångaren Ian Gillan som Jesus.

Dessutom är det ju lite svårt att tro på själva fundamentet för att man skulle gå i kyrkan. Att Jesus gjort mirakel och att han återuppstått från de döda och sedan flugit till himlen. Han har uppförsbacke där kyrkoherden. Att vi ändå går med på hela bluffen, svarar hjälpligt på det sista förhöret under konfirmationen i kyrkan och till slut på rad äter oblat och dricker vinet vid nattvarden, beror endast på att det för denna uppoffring vankas presenter. I kombination med att vi inte förväntas att tänka själva utan bara gör som man det brukligt. Det är klart att det inte leder till någon andlig utveckling direkt.

Man har sina telefoner i hallen under min uppväxttid. Håkans familj 30210 har sin i hallen, Ingvars familj 30602 har sin i hallen, farfar 30536 också. Vi med. 30453. Håkan familj har en blå Cobra, men alla andra har svarta, bakelit, med lur för sig och nummerskivan på själva apparaten. Så småningom byts de svarta bakelittelefonerna ut och i slutet på 60-talet har de flesta grå lättare telefoner. Men de står fortfarande i hallen.

Pappa tycker om att prata i telefon.

Min bild av honom är annars att han sitter i köket, i sitt hörn med håret i ordning, huvudet böjt lite snett nedåt, har armbågen på köksbordet med den gröna vaxduken, transistorn några decimeter ifrån. Han är deppig och säger inte så mycket. Det är orörligheten som gör det. Mamma säger att pappa var så oerhört duktig. Han klarade de flesta situationer även om det var jobbigare att vara i ovana miljöer och hela tiden beroende av hjälp. Han var social och gillade att prata. Han var duktig på att dansa. Skillnaden mellan den pappa som hittade som hand i handske i vår gamla lägenhet och den som känner längs väggarna för att hitta är stor. I snabbhet, i hållning, i humör. Han säger själv att blindheten är ingenting. Men att inte riktigt kunna gå fritt. Det tär.

Vi installerar telefonjack i flera rum och vi får ett till mammas och pappas sovrum. Det är väl den enda personliga utveckling som pappa är med om i den nya lägenheten. Då slipper pappa sitta på den lilla runda telefonstolen i den alldeles för trånga hallen och i stället kan han sitta längst in i bortre hörnet av bäddsoffan. Sitta skönt ostört och prata länge. Pappa har vänner runt om i Sverige sedan hans tid på Blindskolan i Kristinehamn i slutet att 50-talet. Mamma påtalar gång på gång att rikssamtal kostar en del.

Med mening

Julen -73 får jag en kamera i julklapp. Mamma säger åt mig att ta kort av pappa. På ett av korten sitter pappa i farfars brandgula fåtölj som man kan snurra i. Han håller i en hyacint. Han ser liten ut. Anar mamma något jag då inte riktigt kan ta in?

Det värsta

Det är tisdagen den 14 maj. Tre dagar efter pappas 50-årsfest på Nät-zens pensionat i Strängnäs. Mamma och pappa har åkt för att hälsa på farfar som ligger på lasarettet i Eskilstuna. Jag äter pannkakorna som är över sen gårdagens middag och cyklar iväg till fotbollsträningen. När jag kommer tillbaka är det ännu ingen hemma. Jag går till ung-domsgården och där träffar jag Håkan. Vi spelar biljard ett tag innan vi går och kollar om någon kommit hem. Vi möts i dörren av mamma och hennes väninna Stina.

- Pappa är död.

Det blir tyst i långa sekunder. Mammas tårade ögon söker min reak-tion, innan jag lösgör mig ur hennes kram och går in på mitt rum. Strax efter kommer Håkan och han stänger dörren. Vi ser på varandra och bryter ut i asgarv. Jag sitter på min säng och Håkan i min bruna fåtölj och med varsin kudde hårt tryckta framför munnarna tjuter vi av skratt, förskräckta att det skulle höras ut.

Jag följer med Håkan hem den kvällen och vi sitter i familjen Rydéns gillestuga och ser på en deckare jag inte förstår något av. Håkans mam-ma Britta kommer med varm choklad och hårda leverpastejmackor med gurka på.

Nästa dag går jag till skolan och skriver ett tyskaprov som går dåligt. Jag berättar inte för någon lärare. Bara för min klasskompis Johan, som inte vet vad han ska säga. Vad säger man?

Ingen i skolan säger någonsin något. Inte lärarna, inte mina klasskam-rater, ingen. Jo förresten. På väg ut till fotbollsplanen inför en gymnas-tiklektion kommer Kjell Larsson fram till mig och säger att han tycker synd om mig för min pappa har dött.

Jag skämdes länge över vår reaktion med skrattet. Varför blev det så? Jag frågade aldrig mamma om hon har hört. Jag var bara så ledsen egentligen. Varför frågade ingen om hur jag mådde? Var det Åkers styckebruk? Var det 1974? Var det arbetarklass?

Is

Pappa har fått sin hjärtinfarkt precis utanför hissarna till den avdelning farfar ligger på. Hjälpen har varit omedelbar och bästa möjliga. Det har inte hjälpt.

Två helger senare är det konfirmation. Fjortonåringar förhörs på sina kristna kunskaper. Det är fullt i kyrkan. Konfirmationsgruppen svarar på prästens frågor och sedan är det en psalm och innan nattvarden tas läser prästen från predikstolen upp vilka i socknen som avlidit den här månaden och som han säger upptagits till gud. Alla i kyrkan vet att jag sitter där bland konfirmanderna. Det blir alldeles kallt i det lilla sam-hällets kyrka. Det är rysningen jag kommer ihåg. Som kommer inifrån och gör att hela kroppen skakas kall. Det är då det går in.

Det räcker nu

Pappa har en faster vi sällan umgås med och aldrig ringer till. Dagen då mamma och pappa varit på Eskilstuna lasarett för att hälsa på farfar och pappa har fått hjärtattack i hissen inne på sjukhuset, ringer fastern på kvällen och undrar om det hänt något. Vilket är en smula konstigt för ingen har ännu fått veta.

På kvällen tre månader senare, då farfar inte kommer ner till oss för att äta middag som han brukar och inte svarar i telefonen får jag ta cykeln för att se vad som är problemet. När jag kommer fram till farfars hus och finner det låst får jag en obehaglig känsla. Jag vill inte låsa upp dörren. Jag åker hem igen och vill absolut att mamma ska följa med. Allt är så katastrofalt tyst när vi stiger in. Något är annorlunda. Vi vet båda vad som hänt innan vi kommer in i sovrummet. Där ligger farfar på rygg i sin säng. Det ser fridfullt ut. Mamma bara sjunker ner på en stol i köket. Jag ringer 90000.

När vi åter kommer hem till vår lägenhet den kvällen, till det färdigdukade matbordet för tre, ringer telefonen. Det är fastern igen som undrar om något hänt. Den här gången känns hon läskig. Jävla kärring.

Stereo

På hösten får vi lämna tillbaka rullbandspelaren till Södermanlands blindförening. Det är då jag får min första egna stereo. Vi köper den, en Rank Arena, på Experten i Strängnäs. Ingvar, min kompis, har fått en kombinerad radio, skivspelare och kassettspelare. Jag får en som är i tre delar, förstärkare, skivspelare och kassettbandspelare. Min har bättre ljud.

Jag kopplar ihop delarna och sätter på min nyköpta skiva. Det är "Sheer heart attack" med Queen, som just kommit ut. När jag får höra" Now I'm here" är jag tvungen att gå ut till mamma som är i köket förstås och be henne komma in till mitt rum för att lyssna på något alldeles speciellt. Jag sätter ner pickupen i mellanrummet innan låt sex på första sidan. Strax kommer rösten från den vänstra högtalaren och direkt efter kom "Now I'm here" från den högra högtalaren i stället. Stereo! Mamma tycker också det är häftigt. Säger hon. Blir sittande i 30 sekunder innan hon reser sig, går och stänger dörren efter sig. Kanske förstår hon i det ögonblicket vad hon köpt åt sin son. Och vilka konsekvenser det ska få för henne själv. Det går att spela högt på Rank Arenan. Hög musik tycker hon inte om.

Tidningen

I årskurs åtta gör jag prao, även om det heter pryo då, på tidningen Folket i Strängnäs. Lokalredaktionen uppgift är att varje dag fylla två sidor med lokala nyheter från Strängnäs, Mariefred, Stallarholmen och Åkers styckebruk. Det är inte alltid lätt även om man till nyheter kan räkna små notiser som " Inbrott i bil – Natten till torsdagen gjordes ett inbrott i en bil i Stallarholmen. Två moraknivar stals. En röd och en blå". Ibland hamnar kan jag läsa i tidningen om mig själv, när jag gjort mål i en pojklagsmatch i fotboll eller vunnit skolmästerskapet i längdhopp. Det är roligt.

En eftermiddag då det är extra svårt att fylla de två sidorna sitter hela redaktionen och funderar på något att skriva om ser vi plötsligt genom fönstret hur alla journalister på lokalkonkurrenten Strängnäs Tidning kommer ut från sin redaktion och hoppar in i två bilar i något som till synes verkar vara en febril verksamhet. Vad är det här? Vart ska de? Ingen vet.

Två timmar senare ser vi hur Strängnästidningens bilar kommer tillbaka. Hur de parkerar slarvigt och nästan småspringer in till sitt. Nu uppstår någon slags oro och jag vet inte hur Folket faktiskt får reda på vad som hänt. Men Mexikos president är på statsbesök och har gjort ett besök på Gripsholms slott i Mariefred. Tillsammans med den svenske kungen, Olof Palme och andra medlemmar ur regeringen. Den största händelsen i kommunen under året. Och Folket har missat det. Hur är det möjligt?

Dagen efter upptas i alla fall de två lokalsidorna av händelsen. Arkivbilder på president, kung, statsminister och Gripsholm. Så får jag lära mig hur man fixar ett reportage.

Poker

På en stor reunionfest för Åkersskolan och Thomasgymnasiet träffar jag Tony som jag inte sett på trettio år och när han kommer fram till mig, frågar han genast om vi ska spela poker. Det är roligt att träffa honom. Vi hade en hel gemensamt i tonåren. Gick i parallellklass och spelade ishockey och fotboll tillsammans. Men det är pokern han kommer ihåg och vill att vi ska prata om. Och just pokern med mina kamrater är inget minne jag är stolt över eller brukar berätta om. Men minnen är minnen och skammen av pokerminnet är det jag tänker på då jag efter så många år åter träffar Tony. Under hela det korta samtalet funderar jag på om jag ska berätta sanningen för honom, men det dyker upp andra personer som jag inte heller sett på länge. Det blir inget berättat.

Vi spelar poker om pengar. Vi var sju-åtta grabbar i olika konstellationer. Det börjar med att vi har två kronor var, lägger dem i en pott och får tvåhundra marker var. Det utvecklas snart till tio kronor och när det blir 25 och sedan mycket mer så är det en katastrof att förlora. Vi har inte så mycket pengar. Håkan och jag börjar fuska, spelar ihop och utvecklar snart ett enkelt system att lura av våra kamrater pengar. Var de andra får sina pengar att spela bort vet jag inte, men troligen stjäl de alla från sina föräldrar.

När vi får given byter vi en gång och när vi smugit upp vår hand kastar jag och Håkan en snabb blick på varandras kort. Om vi har två par lägger vi snabbt ner korten på bordet i en solfjädersformering, så att den andre ser och plockar sen upp dem igen. Om vi har triss eller mer håller vi korten ihop tills den andra vet. Sen kan vi använda kunskapen om varandra kort för att till exempel höja potten. Jag vet att Håkan har triss eller mer. Han satsar två kronor. Jag själv har bara ett par i tvåor, men höjer potten med två kronor. Håkan höjer i sin tur med tre. Tony synar Håkan, men jag höjer återigen med fem. Håkan höjer ytterligare två och Tony lägger sig. Jag höjer tio på Håkan och han synar och konstaterar att jag bluffat. Men vad gör de. Vi delar på pengarna. Tonys och de andra kompisarnas.

Vad jag många gånger och även idag när jag skriver om minnet undrar är varför vi gjorde det? Vi visste så klart att det var oerhört taskigt och oschysst. Var det för att vi behövde pengarna och till viss del var det förstås en inkomstkälla. En annan förklaring är att vi tyckte att det var roligt att spela poker, men inte hade råd att förlora. Eller att vi inte tänkte efter ordentligt. Att vi faktiskt inte ens reflekterade särskilt mycket mer än att det var spännande och kul. Tänkte vi på vad som skulle hänt om vi blivit avslöjade? Konsekvenserna? Tror inte det.

Mellanöl

I Mariefred ligger Hjorthagens folkpark. Där är det på lördagar dansband på dansbanan, men också konserter med de stora artisterna som Pugh, Ted Gärdestad, Ola Magnell med flera. Dit åker vi.

För att ta sig dit åker vi med Stockholmståget från Eskilstuna som vi kliver på i Åkers styckebruk och åker i fem minuter till Läggesta. Därifrån promenerar vi på den smalspåriga museijärnvägen mellan Läggesta och Mariefred i tre kilometer. Det är alltid 25- 50 ungdomar som gör den resan och på spåret dricks det åtskilliga liter mellanöl som några av raggarna eller hippisarna köpt ut i Konsum.

Den här vackra lördagseftermiddagen i slutet av maj har jag, Janne, Håkan och Seppo Hiltunen börjat drickandet hemma hos Janne med att ha ölhävningstävling. Det är så klart en tämligen dum, olämplig och ointelligent sysselsättning för en 15-åring och följaktligen är jag när jag kommer ner till stationen i Åkers styckebruk katastrofalt jättefull. Det ger dock en viss status bland vissa av mina jämnåriga att vara i detta miserabla skick. Vi åker tåget till Läggesta och stiger av där. Då stegar snygga Eva Svensson, som går i min parallellklass, fram och förklarar att det varit polisrazzia på spåret förra veckan och det är klokare om jag i stället följer med henne och går på landsvägen. Jag låter mig ganska lätt övertalas och vi kommer nästan fram till festplatsen. Jag ska bara kissa först innan vi går in och jag går ut på en åker. Har precis kissat och plockat upp min kasse med de återstående mellanölsburkarna då en mansröst ropar, "Hur var det här då?" och sen är den kvällens festande slut. Polisen skjutsar hem mig. Mamma är inte hemma så polisen häller ut de återstående ölen i slasken och bäddar ner mig i sängen och jag somnar.

När mamma, som ju själv varit helnykterist i hela sitt liv och dessutom har sin kusin, tillika helnyktra Linnea, på besök från Småland, väcker mig på morgonen är hon allt annat än glad. Men hon säger inte så mycket mer än att hon är väldigt besviken. Jag cyklar hem till Håkan.

Några timmar senare kommer Håkans mamma in till oss på rummet och säger att min mamma är i telefon.

- Hans! Kom hem med det samma!

Vi har en granne som bor i hyreshuset mitt emot som själv är mamma till en son i min klass som är mycket stökigare än mig. Jag är i vanliga fall riktigt skötsam, spelar ishockey och tränar fyra dagar i veckan plus att jag klarar mig bra i skolan. Nu ser granntanten sin chans. Här ska det utjämnas. I kommande samtal ska min mamma få veta att granntantens son i alla fall inte blivit tagen av polisen. Så tanten ringer och berättar vad hon sett bakom gardinen kvällen innan.

Det är så jag ser på grannens telefonsamtal till min mamma som 15-åring. Att det kan finnas en genuin oro och att föräldrar faktiskt vill veta om deras barn är så fulla att de blir tagna av polisen och att ringa och berätta, faktiskt är det man bör göra, finns inte i mitt medvetande.

Mamma är ledsen, skäms och gråter och tar till det vapen hon har. Vad tror du pappa hade sagt om han levt? hulkar hon fram till mig. Tur att han inte behövde vara med om detta.

USA

Den första bilden på första rullen film jag tar med min Afgamatic 100 är från vår balkong över ett folktomt Åkers styckebruk och visar fyrtiotalshyreshusen i all sin diskreta normalitet. Det är så mammas och min USA-resa inleds i mitt fotoalbum. Under bilden på det den vita remsan som ska förklara bilden skriver jag "Wall street".

Vi åker alltså till USA, mamma och jag. Mamma har alltid drömt om att kunna hälsa på morbror Gustav i Idaho, men det har stannat vid en dröm. Att pappa skulle kunna och vilja åka till Amerika var uteslutet men nu när han är död och vi får lite försäkringspengar yppar mamma idén.

Vi bestämmer oss för att åka med i 14 dagar på "Den stora Amerikaresan" som den kallas i resekatalogen. New york, Washington, Grand Canyon, Las Vegas, San Fransisco och Los Angeles innan vi ska lämna gruppen och åka vidare till morbror Gustavs farm i Idaho.

Mamma kan ingen engelska alls. Det är en av de första gångerna jag vet att jag kan mer än mamma, att hon är beroende av mig. Samtidigt är mina engelska kunskaper inte större än de är hos de flesta elever i Sverige 1975, efter årskurs åtta. I passkontrollen till exempel roar jag ofrivilligt de amerikanska tullpoliserna med att, på det immigration card man ska fylla i, förkorta studerande med stud i yrkesrutan.
Vi checkar in på Roosevelt hotell. Mamma med nypermanentat hår, i sin blå klänning och bruna handväska och jag i långt blont hår, pilotglasögon, utsvängda gröna gabardinbrallor och platåskor med rött krokodilskinn på platåerna. The stud liksom.
Första dagen åker vi med gruppen till Empire State Building, Frihetsgudinnan, Harlem och annat spännande man sett på TV.

Jag vet inte riktigt hur diskussionen går men när andra dagens sightseeing innefattar sådana där tråkiga saker som FN-huset och Guggenheimmuseet lyckas jag i alla fall övertyga min mamma att jag hellre går själv på stan och tittar. Jag har inget minne av att hon protesterar så värst mycket utan jag tror hon litar på sin femtonåriga son, som ju dessutom kan engelska. I alla fall åker hon iväg med gruppen och jag går ut i New York själv. Till mina tajta stretchiga byxor har jag en gulblå t-shirt med krage med kronor på och såklart mina platåskor. Jag går på Broadway bland människorna då jag får en känsla av att en färgad man följer efter mig. Jag går över gatan. Han följer efter. Jag har ju sett på kriminalserien Kojak på TV så jag korsar vägen igen. Och igen. Mannen hänger fortfarande efter. Jag blir skraj och tar en taxi hem till hotellet. Klockan är elva och det ska dröja länge innan mamma kommer tillbaka med gruppen. Jag köper ett paket cigaretter, Winston tror jag och går en stund i korridoren och röker. Det är inte så kul. Jag går ut igen.

Efter en stund kommer jag i samtal med en man från Puerto Rico. Han har väl helt enkelt spanat in mig kan jag tro. Han berättar att han varit sjöman och han kan faktiskt några fraser på svenska som "vackra svenska flicka" och liknande, vilket väl gör att jag känner någon slags närhet och förtroende. Jag berättar att jag har tänkt gå på bio och med min Åkerskolaengelska uppfattar jag att han tänkt detsamma. Han leder vägen.

Jag får väl säga att jag är aningen naiv, men när vi helt plötsligt kommer off själva Broadway och det börjar bli ruffigare och det mest är stora höga hyreshus runtomkring så börjar jag bli lite ängslig. Han är kortare än mig och säkert svagare, men tänk om han vill ta mina pengar, de 50 dollarna som jag fått av mamma och har i fickan. Vi fortsätter att gå. Kvarteren blev ännu ruffigare. Jag lyckas medan vi går, i smyg, dra upp min sedel ur fickan och pula ner den i kalsongerna. Säkert ställe.

Så säger han att nu är vi framme. Jaha, svarar jag förvånat när jag inte ser någon biograf i närheten. Men han pekar på en port, går före, öppnar och jag följer med. Jag tror att jag är ganska rädd då. Trots det, hiss upp till någon våning, in i en lägenhet som är en liten lya, med ett rum med säng och en fåtölj. Han säger åt mig att sitta ned, vilket jag gör i fåtöljen och mannen börjar rota i en garderob. Får fram en filmduk som han spänner upp. Vi skulle ju gå på bio. Sen plockar han fram en filmprojektor, sätter dit en film och några sekunder senare ser vi på en svartvit porrfilm. Han och jag.

- Vill du att jag ska hjälpa dig?
- Nej tack, svarar jag.
- Vill du hjälpa mig? undrar han vidare och börjar knäppa upp sina byxor.

- Nej tack, svarar jag svagt.

Men han är snäll. Han förstår att det blivit fel. Han ser väl kanske hur rädd jag är. Så inget mer händer. Jag får gå. Tar hissen ner på gatan, stannar första bästa taxi och åker hem till hotellet igen. Väntar där till mamma kom tillbaka. Berättar inget om händelsen och sen går vi på bio tillsammans och ser en film utan svensk text. Mamma säger att hon tycker den är bra. Hon är i New York med mig och allt är bara så lugnt och bra och hennes pojke klarar sig så fint.

Gustav

Idaho hade blivit den delstat där mammas morbror Gustav till slut slagit ned sina bopålar. Han hade utvandrat från Småland på 1920-talet, kommit till Minnesota där det redan fanns släkt. Han hade arbetat på olika gårdar och med tiden gift sig och fått sonen Jimmy. Under det andra världskriget hade han blivit inkallad och under flera år stridit mot japanerna i Asien. Han hade fått med sig malaria och splitter i en höft med sig hem, men ändå varit en krigshjälte och belönats med 250 dollar vid utträdet från det militära. Väl hemma igen hade Gustav mötts av att hans fru inte klarat av ovissheten och funnit tröst hos en annan man.

Med 250 dollar på fickan hade han kommit till Idaho, som han hört påminde om Sverige. Där fanns då i mitten av fyrtiotalet fortfarande mark man kunde köpa billigt av den amerikanska staten. Gustav hade att välja på ett stycke land med skog som låg vid en liten sjö och kostade 250 dollar, eller mark i närheten där det inte fanns någon sjö, bara skog, men som kostade 200 dollar. Han hade av nödvändighet fått välja det senare alternativet för att han varit tvungen att köpa en hammare, en såg, en häst och mat.

Farmen mamma och jag kommer till är Gustavs livsverk. Han har röjt skogen och byggt ett boningshus av korsvirkesträ, tre stora ladugårdar och om man följer en väg några hundra meter upp genom skogen ligger där ängar med betesmark. Han är stolt över det han åstadkommit och visar hammaren med vilken allt startat trettio år tidigare, för längre sedan än så är det ju inte trots att det för mig känns som om det varit under ”vilda västern”.

För mig så innebar det att jag hamnar i bondelivet. Det är inget jag räknat med och inte det jag tänkt när jag funderat över min kommande resa till USA. För mig är USA New York, LA, Chicago och San Francisco. På ett historiskt plan cowboys och indianer och det land som vann andra världskriget. Men jag har också med mig en mer kritisk hållning till landet för jag hade ju i Konsum i Åkers styckebruk skrivit på listor mot terrorbombningarna i Vietnam och jag hade både sett protesterna mot rasorättvisorna som Tommy Smith och John Carlos stått för efter 200-metersloppet vid OS i Mexiko. Men ändå representerar

USA för mig något fritt och framför allt något stort.

Så hamnar jag på landet.
Med kor.
Som jag ska hämta till mjölkning på eftermiddagarna.
Det går så där. Korna går inte snällt på led på skogsvägen som när morbror Gustav hämtar dem. Korna blir de lika rädda för mig som jag är för dem och korna skingras och springer in i skogen i stället.

Så får jag hässja hö. Får hämta ägg och laga staket. När Gustavs son Jimmy och hans fru Verna kommer på besök en vecka och kommer med förslaget att jag kan flyga med dem hem till Florida i andra änden av USA vill jag väldigt gärna.

Mamma vill inte. Vi ska åka för att hälsa på släktingar vi aldrig tidigare mött. Sådana, vars föräldrar, utvandrat innan ens mamma var född. I Minnesota bor de. Hur sexigt låter det för en femtonåring jämfört med att få åka till Florida och bada i Mexikanska golfen?

Det hela leder till överenskommelsen att jag ska få åka till Jimmy och Verna nästa sommar och få bo hos dem i sex veckor. Vi åker till Minnesota och hälsar på släktingar som har den småländska dialekt som de lärt sig av sina föräldrar utan att ens varit i Sverige. De pratar som i filmen utvandrarna. Mamma har väldigt roligt.

Ingenjörsbarn

Mina kompisar är Håkan, Ingvar, Kenneth, Tommy, Janne, Pär, Stefan, Bengt, Roger, Johan, Johan och Johan och i min klass går, Stig, Urban, Peter, Robert, Leif och Rikard. Det är så det är i Åkers styckebruk. De flesta är Åkersbor i generationer. Men så finns det några inflyttade också. Bland annat ingenjörsbarnen. De bor i ingenjörsvillorna i backen ovanför samhällets hjärta, själva styckebruket, där man tillverkar valsar och rör och hade tillverkat stycken, kanoner, förr i tiden. Där av namnet styckebruk. Vi övriga bor nedanför backen, i egnahemsvillor eller i de två och trevåningshyreshusen som utgör det nya centrumet. Socialdemokraterna styr ensamma i samhället.

Ett av mina tidiga minnen är då jag ska gå hem till min klasskompis Göran. Jag går i tvåan då. Görans pappa är bergsingenjör och en av höjdarna på Bruket och de har säkert tio rum i sitt hus. Mamma ser till att jag tvättar mig ordentligt och uppmanar mig att vara artig och göra som jag blev tillsagd. Så har hon aldrig sagt innan jag gått hem till en annan kamrat. Den dagen lär jag mig något för livet. Människor har inte lika värde.

Det är inte alltid lätt att vara ingenjörsbarn. Göran har utstående öron också. Och en mamma som varit vikarie i vår klass. Och en gång i årskurs fyra när Rikard har pratat för mycket och stört lektionen så får han komma fram och sitta i frökens knä. Görans mammas knä. Rikard glömmer det aldrig. Dessutom är Göran duktig som handbollsmålvakt och klassen vill att han skulle stå i målet då vi spelar match mot Mariefredskolans femmor. Han får inte för sin mamma, som tycker det verkar farligt.

Eftersom man inte pratar om mobbing så får Göran stå ut genom hela skoltiden. Det är hela tiden mobbing även om Göran inte är den ende utsatta, Han har det lugnt ibland, Men det finns alltid det där med ingenjörsungen i bakgrunden. Det kulminerar i nian. Göran har gjort en skål, en sockerskål till sin mamma som ska fylla år. Han har slipat och sandpappret och är nästan färdig. Det är ett imponerande arbete han åstadkommit, tunn och helt slät. Men en dag är Göran sjuk och på slöjdlektionen öppnar slöjdläraren Wall skåpet där klassens träarbeten finns. Rikard får syn på Görans skål. Lägger skålen på en bänk och stöter en skruvmejsel rakt i skålen. Som spricker.

Veckan efter byter Göran klass.

Linser

Året jag fyller 16 får jag kontaktlinser. Idrottsföreningen bidrar faktiskt en del ekonomiskt för att glasögonen alltid immar igen i det tält, en av ortens stoltheter, som är vår ishall och som med mycket ideellt arbete byggts i början av 70-talet. Det finns inte så många hallar då och i början av säsongerna kommer lagen från Stockholm och tränar där. På sena träningstider efter att lagen från Åkers IF, i alla åldrar, fått sina behov tillgodosedda. Det är inte de som kan betala mest som får de bästa träningstiderna.

Att ha glasögon och idrotta är ett aber. Inte nog med att de immar igen. De går sönder också. Åkers IF har även betalat de runda farsfarsglasögon jag spelat med och även då är det ideella arbetet som ligger bakom. Sådana som tant Ebba och tant Rut som vecka efter vecka, sommar som vinter säljer korv med bröd, kaffe och dricka på såväl fotbolls som ishockeymatcher. De är som en tyst motor för hela föreningen.

När jag får åka in till den ene av två optiker i Eskilstuna som har kontaktlinser och prova ut två ganska tjocka plastbitar att stoppa i ögonen förändras mycket. På den idrottsliga fronten är det en succé. På det privata planet en revolution. Tillsammans med att jag klipper håret och får en frisyr, så går jag ut grundskolan som en ny kille och det passar bra och är coolt att kunna ha solbrillor.

En gång har jag varit och badat i Åkers simhall. Med kontaktlinser. Det går att dyka i, vilket inte glasögonen tillåtit. Så då dyker jag då och upptäcker när jag simmar mot kanten att jag ser mer grumligt än nyss och jag fattar att jag tappat en lins i bassängen. Det är ju ingen idé att ens leta, men när jag går säger jag till Molinskan som sitter vid entrékassan, att jag tappat en lins i badet. Jaja, säger hon och menar att det var synd, men inte mycket att göra, eller hur?

Dagen efter hämtar mamma mig med den silverminksfärgade Saaben på parkeringen utanför skolan. Vi ska åka till optikern i Eskilstuna, men inte för, som jag tror, att prova ut en ny lins, utan för att kolla om min gamla lins är okej. För de har ringt till min mamma från simhallen, berättat att de tömt vattnet för en rening av poolen och då, eftersom jag sagt till igår, så hade de gått runt och kollat på filtret och hittat linsen, liggandes med den konkava sidan uppåt. Mamma hämtar den och sen när vi kommer in till optikern så är det bara att skölja av den och så funkar den perfekt. Och efter att ha kokat linsen på vanligt vis i sin behållare i en kastrull i tre minuter är den som ny igen.

Fixa själv!

Det blir juni. Jag slutar nian och nu är det dags att åka. Mamma skjutsar mig till Arlanda. Jag checkar in. Mamma åker hem igen och nu ska jag själv åka till Jimmy och Verna i Florida. Det är fortfarande två timmar till flyget ska gå. Jag kollar på boardingcardet och bläddrar i mitt pass.

Upptäcker att det datum som står på min visumstämpel i mitt pass till USA är den tionde juni 1976. Mamma har haft passet i sin sekretär sedan förra sommaren och vi har inte kollat innan, för på resebyrån i Strängnäs har de sagt att visumet räcker lika länge som passet gäller och vi har litat på dem. Inte tänkt mer på saken. Nu blir jag orolig. Osäkerheten tilltar. Sekund för sekund. När jag till slut frågar en kvinna som har en SAS-uniform på sig säger hon bestämt, "Nej, det här gäller inte". Hon säger att det borde de upptäckt vid incheckningen, men att jag utan giltigt visum aldrig kommer att komma in i USA.

Jag får hämta ut mitt bagage igen. Går till en disk där jag får hjälp att boka om mitt plan och jag ska i stället åka på kvällen till London. Där ska jag sova en natt på ett hotell på Heathrow och sedan ta ett plan till Barbados, byta där och sedan flyga till Tampa. Om jag fixar nytt visum.

Efter att jag lämnat bagaget på Arlanda sätter jag mig på flygbussen in till Stockholm. Det är lördag och ambassaden har bara öppet till klockan två. Jag hade ingen aning om var i Stockholm USA:s ambassad ligger och när jag nästan kommit fram till centralen så upptäcker jag att jag glömt tagit med mitt pass som jag lagt i en av fickorna i den handbagageväska som jag lämnat in på Arlanda. Jag är nog en inte helt iskall 16-åring. Får åka tillbaka för att hämta passet. Tar mig till ambassaden, hinner innan de stänger, skriver på en ny ansökan och väntar på min tur. "Du måste ha målsmans underskrift", säger kvinnan som tar emot min ansökan. "Du är inte arton år".

Jag förklarar vad som hänt, ber att de ska hjälpa mig. De ringer mamma. Ingen hemma. Jag visar biljetten. Förmodligen ser jag ledsen, desperat och mycket stressad ut. De gör ett undantag. Stämplar passet.

Jag får vänta på Arlanda några timmar, flyger sedan till London, hämtar ut mitt bagage, går genom passkontrollen, hittar ett ställe där man kan boka hotell, bokar hotell, tar en taxi till hotellet, checkar in, beställer väckning, lägger mig i sängen, klarvaken, lite stolt över att det gått så bra hittills, har svårt att sova, slår på TV-n och kollar på Ove Bengtsson som spelar tennis i den där grästurneringen som är innan Wimbledon börjar. Somnar till slut.

På kvällen nästa dag möts jag av Jimmy och Verna på Tampa flygplats, ett dygn försenad. Ska vara i Brooksville Florida i 45 dagar. När vi kommer hem till deras hus är jag trött och svettig vilket de förstås ser och undrar om jag inte vill ta en dusch. Jag frågar om jag kan låna en "tale", vilket förvånar dem och som varken de eller jag skrattar åt precis då. Hur ska det här gå?

Florida

Det blir helt annorlunda än vad jag tänkt mig. Jag är på Disney World och Sea World. Jag köper över 25 LP-skivor. Det hade jag nog tänkt och hoppats att jag skulle göra. Men det blir så mycket mer. Med storebror i familjen, Carey, som har en Pontiac Firebird och i den åker vi till puben, dricker bärs och spelar biljard. Mellansystern Cathy är skitsnygg och schysst och jag är smygkär i 45 dagar. Förvånad blir jag också när Jimmy, som är båtbyggare och har sin tillverkning i ett stort hus på gården, slutar för dagen och öppnar sin första Pabst Blue Ribbon för kvällen, så bjuder han mig. Det är ju spännande. Och jag tänker på vad min mamma skulle tycka om att hon visste att det blir ett par tre flaskor per kväll. Allt det är toppen.

Men det finns en baksida också. Jag har hamnat i en ganska liten stad i amerikanska södern. Vi åker runt en kväll och Jimmy visar var de svarta bor. Det är fattigt och smutsigt. Jimmy låter förstå att det är deras eget fel. De förstår ju så dåligt, de är lata, inte att lita på och våldsamma om de får chansen. Jag är 16 år och lyssnar på Nationalteatern hemma och vet en hel del om hur USA behandlar afroamerikanerna. Tycker att de är jobbigt att höra att familjen jag bodde hos och gillar är så självklart rasistiska och rädda. Men det var ingenting vi pratade om.

En dag åker vi ut på mexikanska golfen med en av Jimmys egenhändigt tillverkade motorbåtar. Båten lastas med tre meterhöga tunnor, håvar, cyklop och simfötter. Vi ska dyka efter pilgrimsmusslor. Efter en timmes resa med båten lägger vi ankar där vattnet är grunt och klart. När motorn är avslagen blir jag visad hur man gör. Jag simmar på ytan i det klara trettiogradiga vattnet, ser musslorna på botten genom cyklopet, på två meters djup. Så dyker jag ner och med den långskaftade håven kan jag fånga fem sex musslor i samma dyk. Det är najs.

Efteråt, när vi kommer hem igen med tre tunnor musslor öppnas de med en kniv och sedan skär vi ut den vita muskeln. Vi sitter ute på gräsmattan, under skuggan ett en stor palm och självklart krävas Pabst Blue Ribbon. Så många man vill i värmen. Det är en bra dag.

Jag kan mer engelska när jag kommer tillbaka. Jag har lärt mitt att säga please. Jag har upplevt ett annat klimat i både naturen och i hemmet.

Fuktigheten gör mig trött i början, men det är perfekt väder, Soligt och varmt hela dagen, innan molnen samlas framåt fyra och det vräker ner regn en halvtimme och därefter är det svalare och skönt på kvällen. Grönt tropiskt överallt. Hela resan är något annat än Åkers styckebruk. Världen

Gymnasiet

Gymnasiet är väldigt annorlunda jämfört med Åkersskolan. Till Thomasgymnasiet i Strängnäs åker jag ett brandgult tåg som har två vagnar och konduktör. Det är 1976 0ch vi kallar det flummartåget. Skolan är gammal och har anor från flera hundra år tillbaka. Lärarna känns typ samma. Där finns tyskaläraren Ritz, som några elever några år tidigare har roat sig med genom att spika fast hans portfölj i katedern och som därför aldrig lämnar portföljen mer, utan släpar den dagarna i ändå genom korridorerna och påminner oss ständigt om den historien. Det är biologilärarinnan som alla vet att hon är ungmö och som påpekar under sexualkunskapsundervisningen att den är strikt teoretiskt. Matteläraren Simonson tycker verkligen illa om elever som inte kan. Att ha elever från tvååriga linjer anser han under sin värdighet och även vår klass som är treårig ekonomisk, får ofta en skopa ovett som när han kastar proven in i klassrummet och skriker att vi är ju sämre än tvåårig social. Speciellt Tomas får veta att han är dålig. Simonsson brukar låta Tomas gå fram till svarta tavlan och försöka lösa ett tal medan Simonsson ställer sig längst bak i klassrummet och frustar och skakar på huvudet åt Tomas bristande kunskap. En gång singlar Simonsson iväg en enkrona till Tomas och ställer frågan hur många sidor en krona har? Tomas blir som vanligt nervös och dröjer så mycket med svaret att läraren hinner få ur sig ett "Nå, är det för svårt för Tomas….."

Varpå Tomas harklar sig och svarar två. Simonsson sträcker fram handen för att få myntet. Han håller upp det i luften och visar en sida, två sidor och sedan drar han med fingret runt och säger "Tre Tomas. Tre". Skakar på huvudet och ser uppgiven ut.

Om Tomas hade sagt tre hade Simonsson säkerligen skakat på huvudet och sagt två och tittat på oss andra med uppgiven min. Sån var han.

Annat är också annorlunda. Man förväntas läsa läxor och klasskamraterna gör det i stor utsträckning. Mina betyg sjunker som en sten och jag börjar undra om jag var lite trög i huvudet. Jag och min nya kamrat Tommy, bestämmer oss för att under tredje terminen, på hösten, ha en tävling vem som kan höja sina betyg mest. Vi börjar båda två att plugga och det är ganska mycket att läsa och för att få höga betyg ska du också kunna det som står i bildtexterna för det kan det komma en fråga på. Inte heller på gymnasiet är det så mycket tänka och reflektera. Kunskaperna finns i böckerna och det är de kunskaperna som ska in. Det är bara att läsa och komma ihåg. I alla fall över proven. Tommy höjer tolv av sina betyg den terminen och jag elva. Han vinner, men vi vet båda att vi kan bättre om vi vill och det är en bra grej för självförtroendet att ha med sig. Vi kan slappna av igen.

I årskurs tre ska man göra ett specialarbete. Man får välja ett valfritt skolämne och i det ämnet ska man skriva en fördjupning. Jag väljer gymnastik och mitt ämne är "Fotbolls-VM genom tiderna". Jag har Bosse Vallin som handledare och vi pratar inte om hur man ska göra eller hur det förväntas se ut en enda gång utan jag bara lämnar in den avskrift som jag skriver på skrivmaskin och är tagen direkt ur mitt samlaralbum från 1970. Det senaste VM-et, det i Västtyskland har jag varit på själv och kan skriva ur minnet.

Arbetet blir godkänt och i mitt slutbetyg från gymnasiet står att jag gjorde specialarbetet i gymnastik.

Det sägs att skolan var bättre förr.

Socialt blir det också en stor förändring. Jag har varit först och främst en idrottskille. På gymnasiet är det hemmafester i stora villor i Strängnäs. Mina kamrater har föräldrar som röstar borgerligt och har mer än folkskoleutbildning.

I skolan finns studentföreningar som Coetos som har intagningsritualer. De är ju ofta förnedrande för de så ska tas in, men vi ser mycket fram emot att gå med och min egen intagning har jag egentligen inget emot. Snarare tvärtom. Jag och en snygg tjej som heter Laila får en vattenfylld ballong att försöka spräcka genom att hålla om varandra och jucka med underlivet tills ballongen spricker och byxorna blir lite blöta fram. Vilket går ganska snabbt och så är den kramstunden med Laila slut.

Jag tycker om gymnasietiden. Jag träffar Sigrid redan i årskurs ett.

Sigrid

Vi har varit kära i varandra i kanske en månad innan vi blir ihop. Egentligen är vi väldigt olika. Jag, en hockeykille från Åkers styckebruk och Sigrid, en högpresterande tjej från borgerliga kretsar i Strängnäs, en helt igenom borgerlig stad där regementet sätter sin tydliga prägel på människornas åsikter. Jag är kanske lite spännande för henne.

Vi närmar oss varandra blygt och sakta, tillsammans med andra vänner, men ibland också någon stund i korridoren i skolan eller då vi dröjer oss kvar i något rum efter de andra. Den första gången vi riktigt pratar, nära och tyst, ensamma på hennes rum är det döden som för oss nära. Jag har egentligen aldrig pratat med någon om pappas död överhuvudtaget. Inte på tre år. Vad skönt det är. Att någon lyssnar. Som förstår dessutom. För Sigrid har också föräldrar som blivit sjuka och avlidit unga. Hur vuxet det känns. Så nära allt blir. Allvarligt som aldrig tidigare. Kramarna är innerliga. På riktigt. Jag växer den kvällen.

Några veckor senare är det dags för mig att sova över. Sigrid bor tillsammans med sina äldre syskon. Det är lugnt där. Jag vet hela veckan att på fredag är det dags. En natt som betyder något stort. Ett före och ett efter. Redan på torsdagen förbereder jag mig och handlar kondomer. Det är inte problemfritt. Bakom kassorna på Domus har de en disk där man kunde köpa tobak, lite godis, lämna in tipset och sånt. Där ställer jag mig i kö, inte helt säker på sort eller vad man bör köpa. Och precis då jag kommer fram, då det blir min tur så tittar jag bakom mig och där står en kompis morsa. Jag köper en chokladkaka.

Samlar nytt mod och går till den lilla ICA-butiken vid järnvägsstationen och köper ett paket Black Jack.

Vilket får mig att tänka på den kanske första fräckis jag lärde mig. Kanske när jag var elva-tolv.

Det var en man och en kvinna som ville ha sex, men så hade de inga kondomer. Killen fick springa ned till kiosken och med sig hade han bara 75 öre. Det fanns bara två sorters kondomer och det var en grön för en krona och en svart som kostade 75 öre. Killen köpte alltså den svarta.

Flera år senare var familjen på en söndagspromenad. Den äldsta sonen frågade då sin pappa.

- Varför är jag så mörk och har mörkt hår när mina syskon är så blonda?
- Håll käften unge. Hade jag haft 25 öre till hade du varit grön.

Ibland blir man förvånad över vad ett minne kan vara.

Dödgrävare

Mitt första sommarjobb är på kyrkogården i Åkers församling. Min chef är kyrkogårdsvaktmästaren, som kallas Hoss på grund av sin likhet med mellanbrodern Cartwright i västernserien Bonanza. Det är ett soft jobb. Inget lata sig jobb, men fritt och ute. Att gå runt i bar överkropp med en gräsklippare i den svenska sommaren samt tjäna pengar är helt okej. Men det bästa är på fredagarna. Då är det ibland begravningar och då ska det vara lugnt och tyst på kyrkogården. Då får jag sluta lite tidigare. Eller också får jag hjälpa till att vara kistbärare och då tjänar jag 50 kronor extra. Med kritstrecksrandiga kostymbyxor, lånad svart rock, hög hatt och vita handskar, kopplar jag på den allvarligt högstämda minen, sitter med i kyrkan under akten och bär som en av sex personer kistan till den grav jag hjälpt till att gräva och så sänker vi stilla ner kistan.

En halvtimme senare cyklar jag hem med femtiolapp i kontanter på fickan.

Hjälpa varandra

På Domus i Strängnäs finns en snäll liten gubbe som heter Allan och är chef där. Han anställer flera av mina gymnasiekompisar som arbetar där på helger och lov. Och vi är unga och har inte så mycket pengar. Vi hjälper varandra.

Jag går till Johan som arbetar med dryckerna. Av honom får jag ett kvitto på att man pantat två backar läsk. Sen går jag till Tommy som arbetar i delikatessdisken. Vanligtvis charmar han tanter så att de köper bara för att få prata lite med den trevlige unge mannen i hatt och förkläde. Men idag så skär Tommy upp och slår in ett kilo grillad rostbiff och sätter fast på prislappen som det står strömming på. Det blir lite billigare så. Och sen ska det ju förstås vara potatissallad, för det är sjuttiotal. Vilket i för sig borde varit den svaga punkten. Vem köper strömming och potatissallad? Men det gör inget, för i kassan sitter Micke och han slår bara in tre av de fem saker jag köpt och sedan lämnar jag pantkvittot och har jag tur får jag faktiskt pengar över. Det tycker jag är bra.

Sen ska det fixas alkohol också. Oftast brukar det lösa sig. Bara man lägger en beställning i tid. Den som ofta langar åt oss är polischefen i Strängnäs son, som jobbar som vaktmästare i Domkyrkan. Så på fredagseftermiddagarna får man gå och hämta sin påse, inte riktigt i sakristian, men väl i en förrådsbyggnad intill.

På fredagskvällarna lever vi gott.

Tokmotare

Tre dagars utbildning. Vi får lära oss att bädda sängar, vi går runt på sjukhusområdet, vi skriver under sekretesspapper, under en hel dag och lär vi oss om schizofreni, manodepressivitet, psykoser. Sen är vi utbildade mentalskötare, tokmotare, som det inofficiellt kallas. Det krävs också att man var arton år fyllda. Jag och ett helt koppel av mina jämnåriga gymnasiekamrater har ett spännande sommarjobb.

Första måndagen på sommarlovet klockan sju är det rapport på avdelning 14 B på Sundby mentalsjukhus i Strängnäs. Det är en avdelning med öppna dörrar och med patienter i olika åldrar och kön som kan gå in och ut som de önskar och de är inte betraktade som farliga för sig själva eller andra. Annars finns det manliga och kvinnliga intagningsavdelningar, låsta kvinnliga avdelningar och låsta manliga avdelningar samt avdelningar för äldre, för sängliggande.

Det finns människor där som levt hela sitt vuxna liv på sjukhuset. Några av dem är lobotomerat lugna. Någon gång några årtionden tidigare har man utan att riktigt veta vad man gjorde skurit av nervtrådar i hjärnan på dem. Många har höga doser av medicinerna Klorpromex eller Hibernal som ger tydliga biverkningar i form av hängande läppar, sluddrigt tal. Det finns en del unga också, som bara är något år äldre än mig, men som redan är söndermedicinerade till foglighet. Andra är bara deprimerade och håller sig för sig själva, eller ibland maniska och då blir de lite roligare.

Det är mycket vackert på sjukhusområdet. Som en grön oas, med välklippta gräsmattor och träd med tjocka stammar och lövkronor som ger skugga. Om man ser efter ännu mer noga, i den stora sjukhusparken, kan man se en massa udda händelser. Människor som står helt still i timmar eller andra som går fram tre steg, tillbaka två, fram tre steg, tillbaka två igen. Eller någon som pratar med ett träd.

Den första morgonen på avdelning 14 B blir min första tilldelade arbetsuppgift att se till att Lennart kommer upp. Han är hypokondriker, inbillningssjuk, förklarar personalen och han har inte ont och om jag inte tjatar ordentligt kommer han inte att gå upp. Jag går in i salen Lennart delar med tre andra män, klappar honom på axeln och säger god morgon. Ingen respons. Efter några försök vaknar han i alla fall och jag frågar hur han mår.

- Jag har så ont i benen, säger Lennart.
- Jag heter Hasse, säger jag. Jag börjar jobba här idag. Det är dags att gå upp. Jag ska hjälpa dig.
- Jag kan inte gå, säger Lennart.

Jag får upp honom sittandes på sängkanten, hjälper honom av med nattskjortan och frågar hur länge han hade haft ont i benen.

- Det började i magen , säger Lennart, sen gick det ner i benen och nu kan jag inte gå.
- Ska du prova att stå, försöker jag. Jag håller i dig.

Vi går till badrummet och Lennart tvättar sig. Jag hämtar en handduk och när jag kommer tillbaka sitter Lennart på golvet.

- Jag kan inte gå, säger Lennart.

Efter ett tag har Lennart fått på sig skjorta, byxor och skor. Dörren till hans rum ska låsas så han inte ska kunna gå och lägga sig igen och Lennart sitter vid frukostbordet tillsammans med övriga patienter. Mitt första uppdrag inom den psykiatriska vården är avklarat.

Eftersom jag vid det här laget känner Lennart får jag som uppdrag efter frukost, sängbäddning och städning att gå ut på en promenad med Lennart. Jag får med mig en tia av Lennarts pengar och går till fiket. Där finns det en kiosk och man kan köpa kaffe. Lennart säger ingenting, men går snällt med. På fiket möter jag flera av mina kompisar som börjat sitt sommarjobb samma dag som jag. Alla har vi med oss en patient.

- Vad heter din?
- Lennart. Fråga hur han mår.
- Hur mår du Lennart.?
- Jag har så ont i benen, sa Lennart. Det började i magen och nu kan jag inte gå.

Vi flinar och har ett samtalsämne till kvällen. Johan har med sig en gammal Ester som är lobotomerad och som dricker tre koppar oerhört hett kaffe och sen säger hon att ville hem. Mig fnyser hon bara åt när jag tilltalar henne.

Kvällvakt

Det första kvällspasset jag arbetar Sundby mentalsjukhus svabbar jag expeditionen som man skulle göra då jag hör hasande steg som närmar sig. Inge uppenbarar sig. Nära två meter lång, smal, några år äldre än mina arton, tänder som är svarta av snuset som också dräglats ut i mungiporna och rinner ned mot hakan. Han hasar sig närmare och stannar femtio centimeter framför mig. Det är väldigt mycket innanför min konfortzon.

- Är det farligt att runka, säger han.
- Nej. Det är inte farligt.
- Är det säkert? Är det inte farligt att runka?
- Nej. Det är inte farligt.
- Bra.

Jag fortsätter att torka golvet och brygger patienternas halvsjukaffe. Det hörs hasande steg som närmar sig. Han fyller dörrhålet och hasar sig åter alltför nära.

- Är det farligt att runka?
- Nej. Det är inte farligt att runka.
- Är det säkert?
- Ja, det är säkert.
- Bra. För jag har runkat nu.

Katarina

Katarina är ett år yngre än mig. Hon är från Strängnäs och bor i de som kallas höghusen, där Tommys syrra Lisbet bor, där vi brukar hänga. Men hon går inte på Thomasgymnasiet som alla andra jag känner. Katarina är kompis med Camilla, Maria, Marie-Louise och några andra som går på skolan och därför är Katarina med ibland och därför kan jag bli förälskad i henne.

Det blir en långdragen process. Det dröjer flera veckor mellan gångerna vi ses. Och sedan, när det blir sommarlov och Katarina är med oss mer och mer, så blir hon ihop med Schultzan. Han är högerytter i IK Viljan, snabb som fan. Dem förlorar vi alltid emot när vi möter dem i serien.

Sen går de två där och är ihop hela sommaren utan att något egentligen händer. Kompisarna får påminna Schultzan att de skulle pussas god natt när de blir dags att gå hem. På den nivån. Och jag blir ännu mera kär och jag känner att Katarina också närmar sig, att det inte bara är något jag hoppas på. Men Schultzan är en nära kamrat.

Till slut blir det ändå ohållbart. Jag sover ofta över i en skrubb hos Tommys syrra när jag är i Strängnäs. Katarina bor i samma höghus, på femte våningen. Tommys syrra på den andra. Det betyder att vi ofta har sällskap hem och en natt då vi varit på fest, det är sent och Tommy ska upp nästa morgon och jobba i fiskdisken på Domus, så somnar han i sitt rum. Jag och Katarina sitter och pratar på min säng i min skrubb. Kysser varandra.

Jag tycker att Katarina är skitsnygg. Hon är jättesnäll och omtänksam. Hon skäms för vad hon gjort, men gör slut med Johan. Sen är det bara en tidsfråga innan vi ska få en ensam stund tillsammans igen. Det får vi lite överraskande en eftermiddag hemma hos Eva, då Tommy och Eva går och handlar och sen när de kommer tillbaka sitter Katarina och jag där i ett hörn och är ihop. Så jävla glada, endast fokus på varandra och oss.
Det är ett vackert minne.

Katarina och jag är tillsammans i två och ett halvt år. Jag älskar henne. Vi gör saker. Ser Bob Marley på Skansen, åker till Kos, hyr mopeder och är kära, tågluffar och har sex i alla städer vi besöker. Vi är på Öland. Vi söker och får båda jobb på Södersjukhuset. Vi flyttar till Stockholm. Fisksätra. Det är Stockholm för oss. Första lägenheten. Andra hand förstås, men ändå. Blir lite förvånade första gången vi får ICA-reklamen och den kommer på fyra språk. Vi tycker det är bra. Min mamma tycker väldigt mycket om Katarina.

Det är roligt i Stockholm, det händer saker. Men jag vill mer. Jag vill resa. Katarina och jag blir allt mindre i fas. När halvåret på hyreskontraktet är på väg att gå ut ringer Tommy och säger att han tänker lifta till Grekland i påsk. Jag följer med.

Det känns inte som om det är schysst mot Katarina men jag vet samtidigt att jag är tvungen att få göra mitt liv. Jag tror man måste det när man är tjugoett.

Det var länge sedan jag träffade Katarina nu, men jag tänker ibland på henne och med glädje på den tid vi hade tillsammans. Undrar om hon någon gång tänker på vår tid? Gör många det? Tänker tillbaka.

Total okänslighet

Det är söndag då Tommy och jag reser till USA. Vi har avslutat gymnasiet med fyra veckors studentfestande. Vi hälsar på hos Johan som varit utbytesstudent ett år i Albany. Han amerikanska föräldrar är givmilda och vi får bo hos dem och äta. Mannen är precis så bullrig som bilden ibland kan vara. Talar om för oss att Sverige är ett kommunistland där staten bestämmer allt. Och skrockar självbelåtet efter det uttalandet som om han spridet ett ljus av sanning över den indoktrinerade ungdomen.

På tisdagsmorgonen då vi äter frukost med hela familjen ringer Johans mamma från Sverige. Uffe har skjutit sig själv. I lördags. Det var därför han inte kommit till balen. Han var död. Uffe är Johans äldsta Strängnäskompis. Han är död.

Johans amerikanska familj förstår att något allvarligt har hänt. Johan förklararstilla att vi försöker ta in något ofattbart.
Självmord bullrar gubben. Det är väl hur vanligt som helst i Sverige. Det är för mörkt och tråkigt. Hur många tv-kanaler sa Johan att ni hade? Två. Kommunistland som jag sa. Var han olycklig eller? Bög kanske? Kände ni honom väl?

Greyhound

"Watch your step. Thanks for going Greyhound" ropas ut vid varje stopp på resan genom USA.

Vi är i Chicago, downtown Chicago. Där går vi på bio och som de enda vita i en biograf full av marijuanarök ser vi Alien. Vi är i Minnesota, i svenskbygderna. Vi kommer till San Francisco dagen då den stora Prideparaden börjar. Vi har ingen aning. Jag har träskor. Det räcker. Några vi talar med tycker det är ballt att vi kommit till Amerika för festivalen. Den vi har aldrig hört talas om. Men den är någonting vi aldrig sett förut, men som vi omedelbart stöder. Det har under året varit en debatt i Sverige om att ta bort sjukdomsstämpeln av homosexuella i den svenska lagen. I San Fransisco sker allt som vi inte sett i Sverige helt öppet. Det känns långt ifrån det invanda att stå i en hiss där två män i skägg kysser varandra våldsamt. Det har man bara sett den sovjetiske presidenten Brezjnev göra med undvikande utländska statsmän på besök.

This is the way to Amarillo

Vi är i Amarillo Texas. Det är inte planerat. Vi åker Greyhoundbuss genom Texas, kollar på kartan, ser Amarillo som vi känner igen från låten "This is the way to Amarillo", hoppar av och tar in på stadens YMCA.

Det finns ingenting i centrum av staden. Gräsmattorna är bruna, gräset är hårt, finns några enstaka affärer. Vi ser en pub som vi kan besöka ikväll. Vilar på rummet till dess.

I början av kvällen är det mest gubbar, bönder som kommer in från gårdarna runt stan, De har lagt fram en hög med pengar framför sig och när servitrisen ser att de druckit upp kommer hon med en ny öl och tar en slant från högen. Vi sitter vi baren och är inte med. Sen kommer det några yngre personer. Tjejer och killar i cowboyhatt. De börjar spela biljard och efter en öl till lägger Tommy och jag dit en quarter på bordet och markerar vår tur på listan. Den som vinner får fortsätta spela och är typ kingen. Jag är egentligen skitdålig, men lyckas över-träffa mig själv samtidigt som motståndaren klantar sig och plötsligt är det mitt bord. Vi får vänner. Vi är intressanta. Vi är utlänningar. "Den enda utlänning jag har träffat var Vietcong", säger en snubbe. Jag förlorar nästa omgång, men vi blir bjudna på öl vid baren av två brö-der. Den brodern jag talar med slår ut ett ölglas över mina brallor och skrattar glatt. Jag drar min arm genom pölen av öl på bardisken och ner i hans knä. Han blir skitförbannad. Reser sig. Skriker. Ska slåss. Jag backar. Han kommer efter. Då den andra brodern tar tag i honom och ber honom sluta. "Man ska inte reta honom", säger den andra brodern efteråt. "Han har precis muckat från fängelset för misshandel".

Men det lägger sig. Ryktet som säger att vi kommer från Sverige når servitrisen framåt elva. Efter det är allt gratis. Hennes farfar kommer från Dalarna och en gång ska hon åka dit och hälsa på. Vi får pennor, t-shirts med Dinos lounge-logga.

Jaws

Vi har inte anmält oss innan. Vi söker bara upp deras hus på 301 McIntyre road i Brooksville Florida och ringer på. De blir glada av att se oss. Tommy charmar Verna på en kvart och vi får gärna stanna några dagar. Jimmy minns att jag gillat dagen när vi för tre år sedan varit i Mexikanska golfen och dykt efter pilgrimsmusslor. Han ringer upp en kompis, Sanders och dagen efter åker vi med två små motorbåtar utrustade för musselfångst.

Vattnet är klart ner till botten, max två meter djupt. Vi snorklar, ser musslorna på botten och plockar upp dem med en håv som sitter på en och en halv meters aluminiumpinne. Vi fyller flera tunnor. Det är varmt och skönt i vattnet.

Jag sitter i Jimmys båt. Jimmy sitter i den andra. Vi ser snorklarna som sticker upp från vattnet där Tommy och Sanders söker musslor.

- Hasse....!

Det är Tommy som ropar.

- Det är en haj här.

Jag kollar dit.

- Den är så här stor.

Tommy är vid vattenytan och visar med armarna upp ungefär en meter.

- Nu är den här igen.

Jag ropar till Jimmy i den andra båten. Tommy petar på hajen med håven som går sönder. Jimmy skriker.

 - GET THE FUCK OUT OF THE WATER......

Tommy börjar simma. Hajen cirklar runt. Tommy simmar fortare mot båten, ser rädd ut nu, kommer fram, har svårt att få grepp, skräck i ögonen när jag drar upp honom. Tommy som sett filmen Hajen, ser lättad men inte speciellt chockad ut.

Sanders kommer upp. Gubbarna kippar efter andan. Svär igen.

- Den kunde ha tagit halva låret i ett bett, får Jimmy fram till slut.
- Inte den lilla väl, undrar Tommy och blir blek.

Värnplikten

Jag gör lumpen. Senare tar jag dock mitt förnuft till fånga och vägrar repmånad. Men de tio månaderna kommer ändå att påverka mitt liv åtskilligt. Jag får en komprimerad undersköterskeutbildning som leder mig till ett antal år med diverse sjukvårdsjobb.

Det är 1979. Jag har via den otroligt effektiva mönstringen, som alla 18-årigar av manligt kön obligatoriskt är tvungna att genomgå, blivit uttagen till motorcykelordonans. Jag som inte kan skilja en mutter från en skruv och som sålt den fina moped, med kåpa fram, som jag fått ärva av farfar, när den fick punktering.

Efter två veckor blir jag sjukvårdare i stället. Till den pluton jag kommer till har mönstringen placerat tekniska moppekillar med empatiska resurser likt en kulspruta och med en människosyn och kvinnosyn som varit skrämmande redan på 50-talet.

En sådan är Hålberg, som han kallas. En bjässe på 190 centimeter och 110 kilo som från onsdag varje vecka berättar för alla hur han, när han får permission i helgen, ska supa och ligga på hålet. Och som sedan från söndag kväll till onsdag förmiddag berättar hur han supit och legat på hålet hela helgen. Tio månader är en lång tid att stå ut med att lyssna på sådant.

Hålbergs sjukvårdskunskaper sträcker sig till att han kan namnet på fyra p-pillersorter och både över den kunskapen samt bristen på övrig sjukvårdskunskap är han stolt. "Jag fick noll poäng på provet, fan vad jag är bra"-typ av kille.

En kväll då jag ligger i min slaf på logementet utspelar sig följande drama.

Hålberg har varit nere på stan, köpt två pizzor, en flaska Tirnave och tio burkar Lövenbrau. Fått i sig det mesta då han kommer på den jätteroliga idén att alla som vill ska få slå honom i magen så mycket de orkar. Överraskande många finner den uppgiften tilltalande och Hålberg ställer sig mot väggen, spänner magmusklerna som finns gömda någonstans och låter de många soldaterna med knutna nävar, en efter en, slå honom i magen. Varpå Hålberg skrattar, sträcker på sig och om och om igen visar hur stark och stryktålig han är.

Då stiger Engström fram. Den minsta killen på luckan, stockholmaren, som har alla rätt på alla sjukvårdsproven. Hålberg skrattar, slänger några kommentarer om hur myggbett inte bekymrar honom innan han ställer sig beredd mot väggen. Engström gör sig också redo, spänner knytnäven, tar sats och klipper till. Rakt på pungen på Hålberg. Som viker sig.
Några sekunder av överraskad förvirring.
Sen springer Engström.

Utklädd

Jag går högvakt våren 1980. Det är veckan efter att utrikesministern, eller om det är riksbankschefen, har blivit stoppad av högvakten och inte fått komma in och träffa kungen. Nu vill tidningen Se kontrollera om det verkligen är så svårt att komma förbi högvakten om man bara vill, det är ju inget svårt. Utklädda till målare och med hinkar, penslar och målarkläder, går de in bakom kuren där min logementkamrat Ekman står nickar, ler och flyttar sig lite för att de ska komma in lättare. Se tar sig ända in i till själva slottsbostaden där kungen faktiskt bor på den tiden.

Denna händelse får våra befäl att skämmas. Vi blir så klart utskällda, men tar det med ro. Att marschera i takt och vakta kungen är inte speciellt många som är intresserade av efter åtta månader i lumpen. All indoktrinering lyckas de inte med, militärerna.

För min del har jag vaktkuren med utsikt mot Grand Hotell. Jag får tidigt reda på att den kamera som kollar just den kuren är trasig. Därför kan jag i lugn och ro sitta i min kur på natten, ha med en ficklampa och läsa. Men en gång kommer en japansk turist och tar fram sin kamera. Jag sträcker på mig och ser ut som man förväntas. Just då kommer kapten Dahl och gör något slags spontankoll. Han tycker att jag sköter mig exemplariskt.

80-talet

Gorbatjov

Palme

Tjernobyl

Aids

Berlinmuren faller

CD-skivan

Lech Walesa

John Lennon mördas

Folkomröstning om Kärnkraften

Himmelska fridens torg

Sony Walkman

Reagan

Thatcher

Ubåtsjakt

MTV

Det är uppbrottets tid. 20 år. Jag lär mig saker varje dag. Jobbar och tjänar egna pengar. Som det ska betalas hyra och mat för. Katarina och jag planerar framtiden. Det är en ganska vag plan. Vi ska tågluffa och gör det. Vi ska flytta till Stockholm, tänker söka jobb på Södersjukhuset båda två och bo i andra hand. I Stockholm. Vi hamnar i Fisksätra. Jag får jobb på medicinakuten och Katarina på neurologen. Det är också utvecklande. Det känns som om det går snabbt nu.

Jag läser mängder av böcker. Kafka, Hesse, Zen och konsten är sköta en motorcykel, Carlos Castaneda, Sartre och Camus. Det hjälper också till att vidga världen. Jag har lätt att få nya vänner och börjar spela fotboll i ett division sju lag. Det är hårt, hjärtligt, mycket alkohol och dumt prat om brudar. Jag stukar foten och sedan är den karriären över. Jag går på konserter och ser Dag Vag på Mariahissen, Ola Magnell på Mosebacke, Magnus Lindberg på Christina i Gamla Stan. Är på Bob Marley på Grönan. Jag lyssnar på Ulf Lundell, Bob Dylan, Pink Floyd, Björn Afzelius, Dag Vag och Ebba Grön. Jag låter skägget växa. Håret är blont och kort. Jag skäms för att jag gjort lumpen och förundras över att kamrater verkar tycka att det både finns ett värde i att lära sig hantera vapen och att det är roligt.

Jag vet inte vad jag ska bli och tänker inte så mycket på det. Har fullt upp. Solidaritet kämpar hårt i Polen och det känns som något nytt, friheten är på väg framåt. Sen skjuter någon John Lennon. Det är chockartat. Varför dödas bra människor?
Jag är 20 år. Tid att leva.

Psykofarmaka

Jag jobbar på Sundby mentalsjukhus min sista sommar i Strängnäs. Det finns en patient den sommaren som heter Bo. Han är tjugo år och går runt runt på avdelningen och fibblar med en ask tändstickor. Han plockar ur och fyller på stickorna om och om igen. Några av oss unga sommarjobbare börjar spela pingis med Bo. Han är en mästare. Han tycker det är superroligt och börjar prata. Han har en helt okej sommar, tror jag.

Varför pratar personalen inte med patienterna? Mer än "dags att vakna", "medicindags", "såja svälj nu!", "nu är det lunch"," idag är det duschdag" Tänker de inte på det, eller är det kanske så att det är läkarna som står för vården och personalen längre ner i hierarkin bara ska upprätthålla ordningen.

En eftermiddag frågar en rolig sjukskötare om jag vill prova en droppe av den sömnmedicin de flesta patienter får på kvällarna. Tungan domnar bort säger han. Jag tycker väl att det kan vara kul att prova, sträcker ut tungan och han droppar på. Han droppar i mig fyra droppar och skrattar. Jag åker hem till vår lägenhet och sover i tjugo timmar.

Södersjukhuset

Jag har fått min sjukvårdsutbildning i lumpen, jobbar på medicinakuten på SöS och vanligtvis är det inga problem. Jag lär mig ta blodprov, ger lavemang, tar EKG och gör vad som förväntas.

Ibland, som nu, blir det rörigt på akuten. Det är en trafikolycka på ena akutrummet och ett hjärtstillestånd på det andra och när det kommer in värsta jävla superskitsnygga tjugoåriga tjejen, med hjärtbesvär, då måste jag ta hand om henne. I vanliga fall är det någon av kvinnorna som tar hand om unga kvinnor, för att minska pinsamheten. Jag tar med tjejen in på ett av rummen och hon är tydligt orolig och smärtpåverkad. Jag ber henne ta av sig kläderna. Det är 1980 och ingen har BH. Hon lägger sig på britsen och jag hämtar in EKG-apparaten. Hon får ta tempen själv, det är innan man bara tar den i örat, och jag kollar puls och blodtryck. Sen ska jag känna och räkna på revbenen var elektroderna ska fästas och är jobbigt nära hennes nakna bröst.

Kopplar elektroderna och slår på apparaten. Ser på en gång att något är väldigt mycket fel, försöker behålla mitt relativa lugn och säger att jag bara ska visa läkaren EKG-remsan. Lämnar över den till den av sjuksköterskorna som just nu har ansvar över avdelningen. Hon ser samma som mig. Ringer genast till efter en läkare, som kommer springande. Ser på remsan och säger.

- Gör om.

Och jag får gå in till tjejen igen, försöka att fortsätta vara lugn. Ser att jag kopplat fel och gör om och gör rätt. Hon har inget fel på hjärtat.

Tant

Jag är på uselt humör. Sitter på handikapplatsen tunnelbanevagnen med hörlurar i öronen och lyssnar på min Sony Walkman när ett äldre par kommer in på tåget. Hon blänger på mig. Mannen sätter sig på sätet bredvid, men kvinnan trycker ner sig på platsen bredvid mig. Jag kollar ut genom fönstret. Efter en stund känner jag hur tanten petar på mig. Jag vänder mig mot henne och jag ser hur hennes läppar rör sig och känner mig tvingad att ta av mig hörlurarna.

- Jag ska in till stan och köpa en sån där maskin, säger hon.

Julafton

Jag och mamma firar jul hemma hos henne. Vi har det bra. Hon har slagit på lagom stort och det är traditionellt rakt av. Ingen alkohol förstås. Julmust, prinskorv, egenkokt skinka självfallet, hemgjorda köttbullar, någon slags sylta som hon har som eget treat, ägghalvor med räkor och rom, Skogaholmslimpa, men vört och sen inte så mycket mer. Efter maten vilar vi i var sitt rum ett par timmar. Kalle Anka hoppar vi båda gärna över.

På kvällen lutfisk, min favorit, på en egen speciallutfisktallrik som jag haft sen jag var tio. En svart, som mamma tycker är ful och som bara kommer fram till lutfisken på jul för tallrikens höga kanters skull. För att såsen ska få plats och inte rinna över. Självfallet är lutfisken avlutat, fast och fin. Svartpeppar, vitpeppar och kryddpeppar tills såsen blir oaptitligt grå och sen en stor klick smör.

Den här julen har Thorslunds ringt och undrat om vi ska komma över på en fika med jultallrik. Ingvar, sonen i familjen var min första lekkamrat. Vi ses sällan numera men att gå och träffa en barndomsvän känns trevligt.

Det har snöat ganska rejält under det att vi sovit och i Åkers styckebruk på julafton får snö ligga. Vi sätter på oss ytterkläderna och börjar gå in i villaområdet där Thorslunds bor. Det är nästan helt tyst. Knappt ens bruket hörs. Snön dämpar.

Vi ser honom komma ut från en tvärgata. Tjugo meter framför oss. Mannen ragglar, formidabelt berusad, från ena sidan av vägen till den andra. Han bär på två stora plastkassar. Så ser vi hur ena foten glider iväg på det hala underlaget, kassarna upp i luften och far iväg och mannen i ett moln av snö faller pladask i marken. Mamma tycker att det är obehagligt. En full. Ska man dricka så mycket att man inte kan stå på benen? På julafton!

Jag går fram till mannen och hjälper honom upp. En man i överrock, med kostym under. 65 kanske. Kassarna med julklappar har varit ämnade för barn och barnbarn, men han har inte fått komma in. För full, hade de sagt. Gjort bort sig och förstört jular för många gånger, hade de sagt. Kan jag hjälpa honom att ringa efter en taxi.

Eftersom det är långt innan mobiltelefonernas tidevarv är den enda möjligheten att släpa med honom till Thorslunds. Mamma är förskräckt. Komma med en full till Thorslunds. På julafton! Men hon förstår ju också. Vi kan knappast lämna honom i snön. Så vi ringer på och Bror kommer och öppnar. Uppfattar genast läget, som han inte gillar. Agerar och styr upp. Jag ska ringa till en taxi. Bror hämtar två stolar i köket. Sätter på sig rock och ställer de två stolarna på farstubron. Den fulle ska sitta där till taxi kommer. Bror vill inte ha en full i sitt hus. På julafton. Kan han inte sitta och vänta i köket, säger Ingvar. Nej, säger Bror och vet att Ingrid håller med där hon står vid spisen. In ska han inte. Det är nog med skam att det kommer en full från Thorslunds på julafton. Vad ska grannarna säga?

Grekiska öarna

Tommy och jag liftar till Grekland i början på april. Det går sådär. Vi kommer till norra Italien och sen fastnar vi i den småstad vi hamnat i. Vi får ta tåget därifrån. Når till slut Brindisi i södra Italien och sedan är det båt till Atens hamnstad Pireus, följt av en ny båtresa ända till Kreta.

Vi har tänkt att Kreta säkert är varmast för att det ligger längst söderut, men hade vi läst en guidebok eller något hade vi nog inte valt den ön. Det är stendött. Campingen vi bor på har knappt öppnat. Restaurangerna börjar öppna, men pubar och diskotek är stängda. Det blir en lugn vecka. Vi promenerar, kollar på grejer, köper några öl på eftermiddagen. Sitter utanför tältet i eftermiddagssolen, spelar gitarr, vi har med oss varsin, sörplar bärs och röker.

Vi lär känna fyra tjejer från Köln som också bor på campingen. Tillsammans åker vi till Santorini. Vi blir upplockade av en tant som står och ropar, soba zimmer room, soba zimmer. Vi flyttar in i mysiga rum på hennes gård och betalar 10 kronor natten. Det finns ingen dusch. Det finns en brunn. Med bara lite salt i vattnet. Det är iskallt.

På Santorini som har Greklands vackraste vyer och svarta stränder dricker vi restaurangens eget vin för två kronor litern. Det finns inga öppna diskotek och party är det inte, men en vecka med fyra unga tyska kvinnor är kalas för tyskan.

Tommy och jag flyttar in på campingen på Ios. Det är ett lyckodrag. Där finns mängder av människor som blir våra vänner. Det är Peter från Australien, som kommer fram när han ser oss komma och berättar att om vi hör något konstigt på natten behöver vi inte bli rädda. Det är bara han som snarkar.

Peter har tillsammans med andra ungdomar rest med Kontiki Tours bussar genom Europa, men har begått jobbigt misstag. En kväll, då de fått nog av kyrkor och katedraler, blir han skitfull när de är ute med gruppen och partar. På natten går han i sömnen, tar fel dörr och pissar, i hörnet i ett åttasängars tjejrum. Tjejen som dagen efter berättar det skamliga Peter inte känner till, men som alla andra på bussen vet, är Brooke. Det är hon som bor med Peter nu. Hon kommer från Toronto.

I andra tält bor Barbra från Portland som sjunger så vidunderligt vackert. Det är Ewa från Oslo, Sam från Nya Zeeland, som är den roligaste, som varit ute och rest i över ett år och har en dröm att få öppna ett eget kylskåp och kunna äta rester, Kelly från Montana, Dave och Eric från England och ett helt gäng från Australien. Världen är på Ios. Där finns beachen, barerna och diskoteken.

Kulturkrock

Varje dag på eftermiddagen för en mörk senig fåraherde sina får över Ios strand som han gjort i hela sitt liv. Men nu ligger det nakna vackra unga festande människor på hans strand. Han ler i mjugg när fåren släpper sin avföring i sanden.

Festival

Alla vi träffat ska till Roskildefestivalen i Danmark. UB 40, Ian Dury and the Blockheads, Robert Palmer och Dag Vag med flera ska spela. Nu gäller det att få lift. Utanför Thessaloniki i norra Grekland är det hopplöst. Ingen plockar upp oss på flera timmar, vilket leder till beslutet att dela på oss. Tommy får lift efter en kvart och det med en familj med husbil som kör hela vägen till Frankfurt, där han kan duscha, får sina kläder tvättade och blir bjuden på mat. Dessutom blir han skjutsad till ett en stor rastplats där pappan i familjen hjälper honom att få kontakt med en lastbilschaufför som ska till Köpenhamn. Tommy släpps av utanför Roskilde efter två liftar från Grekland. Jag har 18 olika liftar på samma sträcka.

Via flera olika liftar blir jag avsläppt i Ljubljana i det som då är norra Jugoslavien. Vad jag vet om den staden är att jag minns att något stort vinterevenemang typ OS eller VM på skidor gått där någon gång. Men nu är det sommar och när jag släpps av i utkanten av staden mitt i natten har chauffören berättat att det fanns en stor park precis här. Det är mörkt och svårt att orientera sig, men eftersom jag är utmattad av trötthet tar jag min ryggsäck och går mot parken. Det är rått i luften och det känns kallt.

Jag går in i parken och uppåt längs mörka grusgångar. När jag får syn på några parkbänkar som står på rad tänker jag att här får det bli. Här sover jag i natt. Alltså drar jag fram ett liggunderlag, lägger det på bänken, vecklar ut min sovsäck, stoppar ner pass och de resecheckar jag har kvar längst ned i fotändan av sovsäcken och kryper ner själv. Somnar.

.

Vaknar. Fryser. Känner på håret som är alldeles blött. Sovsäcken inte genomsur, men det är bara fråga om minuter. Det är bara att gå upp, packa ihop och gå neråt genom parken som fortfarande är beckmörk. Det regnar inte och dimman lättar.

När jag kommer ner kanske trehundra meter vänder jag mig om och kikar uppåt. Det är då jag ser det. Jag har sovit i ett moln. Ett tjockt tydligt moln lite högre upp i parken. Det har inte ens regnat. Jag har helt enkelt lagt mig för att sova i regnets källa.

Jag fryser mig genom den natten på en dragig tågstation i Ljubljana.

Ett par dagar senare har jag ändå kommit fram till Roskilde och till
och med hunnit sova en natt i mitt tält då Tommy dyker upp. Utvilad
ren och fräsch. Han kommer mig till mötes på campingen intill festiva-
len, kränger av sig ryggsäcken och ställer ner den. På en sten. Krasch.
Tommy har rena kläder som nu blandas med nyinköpta krossade Tu-
borgflaskor. Ett slags rättvisa.

Tillbaka på akuten

Jag återanställs på akuten efter mina månader i Grekland. Avdelningsföreståndarinnan Elin fixar personalbostad i höghuset vid sjukhuset och jag får börja arbeta med Classe. Vi är lika gamla och han har sin lägenhet fyra våningar under min. Det är början på en livslång vänskap.

En natt när vi har hand om tillnyktringsenhet på Södersjukhusets akutmottagning har vi bara en enda patient och det är en av dem som nästan är stamgäster och har en hel historia med besök på TNE. Han är en gubbe på typ femtio, gråhårig redan, rufsig, stor i kroppen, dåliga nikotinskadade tänder och han har säkert varit alkoholiserad större delen av vuxenlivet. För några månader sedan när han var hos oss senast, hade doktorn läst i journalen att han måste gått omkring med sitt gipsade ben i nästan sex månader. Läkaren kunde inte läsa någonstans att det skulle lagts ett nytt gips. Vi fick klippa upp gipset. Det luktade inte gott. Det kröp djur därinne. I köttet. I huden. Nu ligger han här igen. Sover på en madrass på golvet i ett rum vi kan spola av efteråt.

Vid midnatt har vi sett allt som är något att se på TV. Ingen mer patient har kommit. Jag har roat mig med att blåsa upp en operationshandske till en ballong så att fingrarna står rätt ut. På den har jag ritat en gubbe, en glad gubbe med leende mun och runda ögon. Tummen är näsan. Jag tar ett häftstift och trycker fast handskgubben överst på dörrposten. Nu är vi trötta på att inte göra något.

Det är visserligen skönt att slippa handskas med jättefulla. Men med inget att göra blir man trött och natten blir längre. Vi kommer på att vi kanske kan spela minigolf. Vi hämtar två käppar från ortopeden, ett paket gips ur förrådet, vanliga små plastmuggar samt tejp som vi har på expeditionen. Sen gör vi golfbollar av gipset, fäster muggarna, som ska fungera som hål, med tejp på golvet i olika rum. Till slut ritar vi upp en niohålsbana som innefattar enhetens fem tomma patientsalar, expeditionen och de långa korridorerna. Sen börjar vi spela. Det funkar bra. Gipsbollarna är förhållandevis runda. Men jag är bättre än Classe. Han blir förbannad när han missar och skickar in gipsbollen med fart i väggen. Han gör det flera gånger. Det dunkar också när bollen träffade en list. Efter ett tag hör vi ett mansrop. Ett ynkligt. Från var gäst. Som har vaknat och som tror att han håller på bli tokig.

Han måste ut därifrån. Han har haft fylledille tidigare och nu börjar han få det igen. Säger att det dunkar i skallen på honom. Han får sätta på sig kläderna själv. Vi kan inte hålla honom kvar. Det har vi inga befogenheter till. Vi kan endast tala om för honom att det kanske var lika bra att sova kvar här till morgondagen. Att han kan vänta lite och se om dunkandet upphör. Men han vill gå. Vi ger honom hans kläder och lämnar honom. Kollar till honom ibland och såg hur det går. Strumporna är allra svårast. Att böja benen och hålla balansen är så pass avancerat att det kräver sin man. Efter en timme är han klar.

Då han påklädd, utskriven och med ett inbetalningskort till landstinget i fickan, till slut står i begrepp att lämna tillnyktringsenheten och vi har öppnat bakdörren åt honom så att han ska stiga ut, stannar han i dörröppningen, ser hur det regnar ute denna novembernatt, känner hur det blåser och hur mörkret greppar tag om livet. Skakar på huvudet och vänder om, in igen.

Men så kan vi inte ha det. Vi har skrivit ut honom och vi kan inte ha en gubbe som inte är inskriven på Södersjukhuset ligga på Södersjukhuset och sova. Ska han stanna måste vi skriva in honom igen. Han kommer att få ett till inbetalningskort från Landstinget. Men vi tänker att han får väl sitta på en av bänkarna i korridoren ett tag, så kanske han går sen. Men han stör vårt spel. Vi kan inte spela golf. Vi sätter oss i personalrummet och läser. Gubben sitter på bänken i korridoren och halvsover.

Efter någon timme hör vi hasande steg närma sig där vi sitter. Vår gäst rör på sig. Han står plötsligt i dörren. Dags att gå undrar Classe. Gubben får syn på plasthandsken och ler mot den. Vill du ha den? Du får den. Så Classe plockar ner den. Ger den till gubben som förtjust drar i ballongen medan vi leder gubben ut i höstregnet. Vi kan ta ett parti golf.

Transsibiriska järnvägen

Den stora resan börjar med Finlandsbåten till Helsingfors. Utan hytt förstås för nu är vi travellers och travellers koncept är billigt. Sedan tar vi tåget till Moskva där vi stannar fyra dagar. Första kvällen möter vi två män som kommer fram till oss i dollarbaren på det statliga hotellet för turister och undrar över våra planer. Är vi övervakade av någon gren av säkerhetspolisen? Förvånade att de har tid till att kolla upp sådana om vi. Har de koll på oss hela tiden? Kan det verkligen vara så. Vi tycker det är lite läskigt, men mest kul. Vi försöker hitta våra förföljare när vi turistar runt i Moskva. Är det mannen med portföljen i den kliniskt rena tunnelbanan? Är det hon i den grå kappan i den nästan på varor tomma livsmedelsaffären? Är det han med skägget som sitter själv tre bord ifrån oss på hotellets restaurang när vi äter den äckliga maten? Ska vi putta in ett kuvert under duken och lämna det där? Lyssnar de på oss på hotellrummet? Ska vi ha högljutt sex?

Vi har inte tänkt så särdeles smart när vi bestämmer att åka transsibiriska järnvägen på vintern. Sju långa dagar med snö och skog i vinterdvala och det är det enda man ser när man tittar ut genom tågfönstret. Men det är inne på tåget det händer. Det som händer. Vi delar en andraklasskupé med en kvinna, tant Gulhår, i färgat riktigt kycklinggult hår, samt en man som ligger i sin slaf i fem dagar utan att säga något, men för var dag luktar allt mer gubbilla. Vi, det är jag och min kompis från gymnasiet, Caroline. Vi har talat om att resa tillsammans länge och trots att vi setts ganska sällan det senaste året har vi lyckats sno ihop resan.

Redan efter några timmar på tåget vet alla i vagnen att det finns två utlänningar med konstiga prylar med på resan. Tant Gulhår kollar när jag tar fram min lilla kassettbandspelare som jag köpt för 98 kronor innan vi lämnade Stockholm. Hon blir nyfiken hur den fungerar och vi visar. Hon vill se alla funktioner, så vi plockar ut och sätter i kassetten, höjer och sänker ljudet, trycker på alla knapparna och tar ut och sätter i batterierna. Sen tar hon bandspelaren och går runt i vagnen och visar alla. Samma sak med cigarettändaren. Att vi har schackspel leder till att jag blir utmanad av en rysk man som förstås förnedrar mig och sedan får inte jag vara med mer och spela på det schackbrädet. På den resan.

Maten serveras i restaurangvagnen. Vår första middag blir också den sista på tåget. Vi slår oss ned vi ett bord och en man som svettas kopiöst langar fram en meny åt oss. På ryska förstås. Servitören är iklädd ett vitt serveringsförkläde och har enormt tjocka glasögon varav ett glas är sprucket. Han ser inte snäll ut. Vi undrar om det finns en meny på engelska och det finns det. Vi läser den, är inte jätteimponerade, men något hittar vi. Tyvärr finns inget av det som står på menyn, så vi får titta oss runt på vad de övriga gästerna äter och välja den vägen. Inget ser gott ut. Inget. Vi väljer något som ser ätbart ut. Det är det för andra, för människorna äter, men inte för oss. Det går inte. I en vecka äter vi omelett och bröd och dricker rysk rosa champagne till lunch och middag.

Det är rökförbud på restaurangen. Alla röker. Men de håller cigaretterna under bordet. När servitören kommer låtsas alla att det inte finns någon tänd cigarett. Det ser komiskt ut, men det är ett system som verkar fungera. Alla liksom låtsas och är med i spelet.

Servitören har samma förkläde som dag ett och för varje dag blir det smutsigare. Man kan gissa att det varit vitt en gång. Vi diskuterar om inte mannen som arbetar där i värmen är urtypen för hur en pedofil ser ut. Han ser argare och mer och mer elak ut för varje dag. Blir också kortare i tonen och alltmer otrevlig och då har han ju inte direkt startat från högsta superartighetsnivå eller värsta servicemindade konsumentvänligheten. Ibland skriker han till om rökningen så någon matgäst hoppar till och stoppar ner den rykande ciggen under bordet.

Två dagar i slutet av Sovjetunionenbesöket är vi i 35 gradig kyla i Chaborowsk. Vi bor på statligt hotell och går runt på staden där Sverige blivit världsmästare i bandy, vilket flera ryssar påpekar. På kvällen och natten är det mörkt i staden och gatubelysningen är svag. Efter middagen möts vi av två nästan identiska män som de i Moskva. De ställer samma frågor och vad vi har gjort och ämnar göra nu. Då känner vi oss övertygade. De håller oss under uppsikt. Så här efteråt är jag mer skeptisk, men kanske var det så.

Vi flyger Aeroflot till Japan, till Tokyo, tar tunnelbanan till centrum. Där sprakar det av neon. Kommunism contra kapitalism. Det är ingen fråga om var vi trivs bäst.

Fjärran östern

När invanda beteenden inte längre är kutym uppstår kulturkrockar. 1981, 21 år gamla, kommer jag och min resekamrat Caroline till Indonesiens huvudstad Jakarta. Vi har åkt Transsibiriska järnvägen genom Sovjetunionen, upplevt den enorma skillnaden mellan kommunismens mörka reklamfria värld och Tokyos genomkommersialiserade nöjesdistrikt. Vi har trängts på marknader i Hongkong, sett fattigdom och fina sandstränder i Malaysia och varit i Singapore som var mitt uppe i en omdaning till att bli en modern tigerekonomi.

Överallt ser vi med stora ögon saker vi inte är vana att se och vi tar med spänning till oss de nya intrycken och anpassar oss till annorlunda mat, annan klädstil, klimat och levnadssätt. Trots, att vi lever med knapp budget, är vi européer, svenskar och uppvuxna med övertygelsen att vi bor i den del av världen som är mest utvecklad och bestämmer. Det sitter som en sanning i våra huvuden. I Asien är allt nytt, spännande, lite skrämmande ibland, men det är ju därför vi är där. För att uppleva och se världen.

I Singapore träffar vi andra backpackers och utmärkande för vår resandegenre är att vi vill leva så billigt som möjligt och vara borta så länge det går. Därför nappar vi förstås när vi hör talas om en indisk restaurang, där man kan äta en middag för bara en krona. Det är gott. Maten serveras på ett stort bananblad och vi får äta med högerhanden utan bestick. Ovant.

Den kunskapen har vi alltså med oss när vi i Jakarta har hittat till stadens huvudbusstation där bussen till Yogiakarta, som ligger mitt på Java, ska gå om några timmar. Jag är hungrig. Caroline inte så sugen, så hon sätter sig i skuggan med våra ryggsäckar, medan jag går in i myllret av människor, bussar och små restauranger.

Bland alla människor är jag väldigt speciell. Med mina 186 centimeter är jag huvudet längre än de flesta. Min, efter Malaysiavistelsen, rödbrända hy och mitt blonda hår och min alldeles säkert något osäkra uppenbarelse utgör en syn för indonesierna som de storögt studerar. Några pekar, några skrattar och andra ler emot mig. De flesta bara stirrar. Jag känner mig inte helt bekväm.

Så bestämmer jag mig. Går in på en av restaurangerna och har bara kommit in tre meter när gruppen av cirka tio män, i hörnet av den i övrigt tomma restaurangen, unisont vänder sig mot mig och börjar skratta. Jag ignorerar så gott jag kan. Är det verkligen jag som skapar denna glädje? Känner mig osäker, men går i alla fram till det som ser ut som en glasdisk med olika rätter upplagda och pekar på det jag vill ha. En köttbit som jag förstås inte vet vad det är, ris som jag känner till och servitören nickar och visar mig till ett bord. Bordet är stort och står i ett hörn och hela tiden är jag medveten om att alla männen följer mig med blickarna fast de inte längre skrattar. Jag blir serverad en bleckmugg med vatten och nu känner jag mig lite säkrare eftersom jag redan varit på indisk restaurang och vet att i muggen finns det vatten där jag ska doppa min högerhand när jag äter. Så ställs tallriken med kött, sås och ris framför mig och det känns som jag har ett problem nu, för hur ska man göra med köttet som är en hel bit?

Jag doppar handen i vattnet. Varmt vatten. Vad bra. Några fniss hörs. Jag tar köttbiten, för den till munnen, skratten tilltar. Jag tar en tugga och plötsligt dånar det av skratt och jag ser i ögonvrån och hör hur männen formligen tjuter av garv. Slår sig för knäna och någon skrattar så mycket att han trillar av stolen. Jag tar lite ris och vill egentligen inte längre vara där. Tar upp köttet igen, biter av en bit och sköljer av handen i det varma vattnet. Det är något slags limbo i skrattattackerna.

Så kommer en av männen fram till mig. Pekar på ett annat litet bord som jag inte sett. Där står en burk med bestick. Knivar och gafflar.
I Indonesien äter man inte med händerna. Så pekar han på tennmuggen och gör en gest med sin hand mot sin mun och visar att man ska dricka. Det varma är te.

Java

Vi åker buss på Java i Indonesien. Det är en buss fylld till bristnings-gränsen. På vänster sida om gången finns två sittplatser och på höger sida har man klämt in tre platser. Några längst bak har med sig ännu levande skriande kycklingar fastbundna i benen. Vi är de enda ickein-donesierna på bussen och alla stirrar på oss och på vår packning som knappt får plats. Eller rättare sagt inte alls får plats. Stolarna är hårda och alla män röker de inhemska små cigaretterna som heter binjis och luktar starkt. De två bussdörrarna är hela tiden öppna och på vägen ge-nom staden och förorterna stannar bussen minst var tredje minut. Då stiger försäljare på, säljer frukt, nötter, bröd, dricka och matliknande saker vi inte känner till. Vi ska åka med den här bussen i tolv timmar.

Till slut lugnar det ner sig. Inga fler försäljare hoppar på och bussen får upp en viss fart. Sen går det bara fortare och fortare. Vi börjar förstå innebörden i texten på den skylt, med troligt religiöst innehåll, som sitter över vindrutan framme hos chauffören. "Kära Gud, låt oss kom-ma fram levande" är vår tolkning. Staden tycks aldrig ta slut och efter ett tag förstår vi att det är byar längs hela vägen. Vi åker ju genom ett av världens mest tätbefolkade områden. Efter ett tag slappnar vi ändå av. Intresset för oss tycks också avta, folk börjar nicka till, alla röker inte längre. Då får jag syn på min närmaste medpassagerares vänstra hand. På den sitter det två tummar. Jag tittar utan att titta i fem timmar innan mannen går av bussen. Vi anländer till Yogiakarta ungefär på utsatt tid och vet att efter några dagar där ska vi ta en ny buss till Bali. Ytterligare fjorton timmars resa.

Hyrt en plats

En natt i Melbourne när jag och Sandra, som jag träffat på Ios året innan, blivit utkörda från den sista öppna puben och vi inte vet vart vi ska gå, lägger vi pengar i en parkeringsautomat, köper oss en parkeringsruta, tar fram en duk som hon av någon anledning har i sin väska, breder ut duken fint, sätter oss tillrätta och öppnar en flaska vin.

Efter stund senare kommer polisen. Säger att här får vi inte sitta. Vi visar att vi betalt och argumenterar för vår sak vilket går dåligt, men leder till att vi blir kompisar med poliserna och inbjudna till polispuben dagen efter.

Det är trevligt och poliserna tycker väl att de skulle visa det bästa med Australien och erbjuder oss att dagen efter följa med ut i bushen och skjuta kängurur. Men någon måtta på turistandet får det vara.

Roadtrain

I Australien liftar jag mig genom kontinenten. Oftast går det bra och längs östkusten från Melbourne till Sydney och vidare upp till Cairns i Queensland är det inga problem att få lift för där bor det människor. Men Australien är stort och stora områden är torra, ökenlika och obebodda. Mellan Brisbane och Darwin är det nära 350 mil och det är långt mellan bebodda platser. När jag ser på kartan tror jag att det finns en del städer, men snart upptäcker jag att det som är utmärkt egentligen inte består av mer än en bensinmack, en pub som om man har tur finns något ätbart i och ibland en liten affär. Det är allt.

Jag får snabbt lift från Brisbane med en familj som tar mig 30 mil inåt landet. Därute på landsbygden behöver jag bara stå i någon timme innan jag får åka med en lastbil 20 mil till. I bilen finns ytterligare en liftare, en tysk kille som också på väg västerut. Vägen har blivit smal, Det är endast en körbana och de bilar vi möter är få, mycket få. Då och då möter vi ett så kallat roadtrain, en lastbil med flera släp och med ett stort skydd fram, i form av ett tjockt galler, ämnat att ta hand om kängurur som kommer i vägen. Vi blir avsläppta mellan två på kartan markerade platser och mäter avstånden till närmsta bensinmacksstad till 21 mil åt framåt och 14 mil tillbaka. Det är öde. Det är 35 grader varmt minst. Ingen mack. Ingen affär. Inte ens ett hus. Bara en smal avtagsväg som leder, ja vart…vi vet inte…men nånstans har ju vår lastbil åkt. Ingen bil på 40 minuter. Första bilen passerar med fem personer i. Efter nittio minuter kommer en lastbil som bara sveper förbi utan att ta hänsyn till oss. Efter tre timmar stannar en man, vevar ner vindrutan och vi märker genast att han är full. Vi hoppar in.

Tyska killen sitter fram bredvid mannen som kör med en öl i handen. Jag sitter i baksätet tillsammans med en back med kvarvarande tolv Fosters. Vi känner oss lugnade över att ha fått en lift och eftersom det inte är någon trafik så känns inte förarens promillehalt som något stort problem. Det gör det däremot när det börjar brinna på golvet bredvid mig. En plastflaska med något i och annan smuts på golvet börjar ryka allt mer och fattar eld.

- Hey mister. Det brinner!

Han verkar inte uppfatta vad jag säger så jag öppnar en öl och häller på den lilla lågan, som slocknar.

- Something is burning in the back, förklarar den tyska killen.
- No fuckin worries…..

 Vi kör vidare. Jag med ölen i högsta hugg och när det återigen börjar ryka häller jag på mer öl. Mannen som kör dricker konstant i sig mer öl och letar, utan att sakta ner farten, djupt in i handskfacket efter en ny kassett att stoppa i bilstereon. Finner det band han söker efter och snart lyssnar vi till australiensisk countrymusik. Truck driving songs står det på kassettfodralet. Det är vidrigt. Låtarna handlar om ensamma chaffisar som har kvinnor som väntar runt omkring i den australiska ödebygden. Vi fortsätter genom öknen. Sand på båda sidor av vägen. Sikt hur långt som helst. Samma sikt. En blå himmel över en vidsträckt sandig öken med en asfalterad vägbana i mitten. När det börjar ryka från golvet häller jag på öl. Så fortsätter det i flera timmar.

Plötsligt. Flera hundra meter bort. Ett moln av sand. Möte. Roadtrain. Vår berusade chaufför är återigen djupt inne i handskfacket för att leta kassett. Molnet närmar sig. Snabbt. Mannen som kör saktar ner farten, men inte för att det kommer världens största lastbil rakt mot oss på en väg med bara en körbana, utan för att han inte, av motoriska skäl, klarar att både gasa och titta i handskfacket samtidigt. Roadtrainet kommer närmare. Stort. Nära. Rakt mot oss. Fort.

Tysken rycker tag i ratten och vi åker rakt ut i sanden. Bilen hoppar och skuttar. Stannar. Vi skakar och hela marken dallrar. Roadtrainet dundrar förbi i hög fart och lämnar oss i ett moln av sand och avgaser.

- WHAT THE FUCK ARE YOU DOING?????

Vi pustar ut. Lever. Mannen har fortfarande inte förstått.

- A roadtrain.

Vi pekar. Mannen skrattar.

- I didn't see that bastard.

Så kör vi upp på vägen igen. Mannen rotar i sidofacket i bildörren och får tag på ett par mycket tjocka glasögon.

- Kanske jag ska ha dom här, säger han glatt. Och skicka en öl.

Råttan

Planet landar på flygplatsen på Sri Lankas huvudstad Columbo mitt i natten. Självfallet blir vi så fort vi kommer ut i ankomsthallen omringade av potentiella chaufförer, som vi vet ska lura oss på flera tusen rupies om vi väljer att åka med deras taxi. Vi viftar bort dem och letar reda på bussen som ska ta oss in till centrum och 45 minuter senare är vi inne i en stad som genom bussfönstren ser ut att sova. Det finns inga neonskyltar med reklam för hotell, knappt några gatlampor som lyser upp, men när det ändå känns som vi var i stan och då de flesta stiger av bussen gör vi likadant. Vi kränger på oss ryggsäckarna och går åt något håll. Vi ser inga skyltar där det står hotell, däremot ligger det människor och sover överallt på trottoarerna. När vi korsar över en väg där det finns en rondell är det säkert trettio människor som tycks sova på den lilla gräsmattan i mitten av rondellen. Längs husväggarna ligger eller sitter människor och vi känner ögonen som följer oss. Några sträcker mekaniskt ut öppna händer emot oss, som av reflex. Vi skakar på våra huvuden och går vidare. Vi säger inte många ord till varandra, bara går. Vi har aldrig sett något liknande.

Efter en stund får vi ändå syn på en skylt med YMCA på. Vi går in såklart. Två unga män sitter vid ett bord framför en tavla där det hänger nycklar. Jodå, det finns rum. Men kolla vilken fin klocka Tommy verkar ha. De unga männen tar tag i Tommys arm, känner på klockan. Girls? frågar han. Vi tackar artigt nej, men han fortsätter. Min syster för klocka. Fin ung syster.

På morgonen efter går vi ut på stan. Det är varmt, svettig, smutsigt, oändligt många människor och överallt tiggare i klungor som visar upp lyten vi aldrig sett. Ben tjocka som ekstammar, amputerade lemmar, utmärglade kvinnor med barn som ser döda ut i famnen. Alla sträcker de fram händerna. Det är chockerande. Vi är helt oförberedda. Det är mycket värre än det vi tidigare sett i Asien.

I allt detta så vill vi inte heller bo en natt till på YMCA som även utan erbjudande om att köpa småsystrar hade varit äckligt, smutsigt och för många kackerlackor. Men nu är vi travellers och i guideboken finns det ett rekommenderat ställe, det billigaste, som heter British- India Hotel och det letar vi upp. Det kostar sjuttiofem öre per natt. Jag får följa med upp på tredje våningen för att inspektera rummet medan Tommy vaktar ryggsäckarna och dricker en lemonad. Rummet är stort. Säkert fyrtio kvadratmeter, fyra meter till tak och i mitten av rummet står en stor dubbelsäng och på varsin sida om den två pinnstolar. Tre av väggarna sträcker sig två och en halv meter upp. Resten består av hönsnät. Den fjärde väggen är ytterväggen med ett stort fönster mot vägen. Det är inte så mycket mer att inspektera än så, tänker jag och säger Okej.

Jag hämtar Tommy och ryggsäckarna går upp de knarriga trapporna och in i rummet.

- Vi bor centralt i alla fall. säger Tommy.
- Hoppas att det inte är löss i sängarna, skrattar jag, som kommer från en värld där löss känns utrotade sedan 100 år.

Tommy slänger av sig ryggsäcken på pinnstolen och sätter sig i sängen. Jag går runt till det som ska bli min sida. Just som jag lägger ner ryggsäcken på golvet ser jag den och skriker till. Tommy drar snabbt upp benen som för att inte bli biten, men döda råttor bits inte. Råttan är den största vi sett. Den ligger död under sängen och är fyrtio centimeter lång plus svans.

Jag går återigen ned till receptionen och berättar vad vi upptäckt i vårt rum. En man följer med för att bekräfta min utsaga. Han går runt sängen. Ser råttan, vänder på klacken och går ut ur rummet. Kommer tillbaka efter en minut med en sopborste och en sopskyffel, sopar upp råttan, ler mot oss och går.

Vi för förstås genast diskussionen om vi ska bo kvar eller inte och kommer fram till att råttan ju är borta, att det är billigt och att det bara är för en natt. Då har vi ännu inte upptäckt det stora hålet i taket till vinden, precis över sängen.

Under dagen strosar vi runt och ser misären. Vi har svårt att ta till oss det vi ser. Det är så fattigt. Sitter länge på ett café och bara glor. Dofter, färger, rörelse, ljud. Det är omtumlande. Vi pratar om att vi måste fotografera, men vi skäms. Det känns fel. Vi bara ser och reflekterar tyst. Så här efteråt är det säkert en av de där eftermiddagarna som förändrar en människa. Men Tommy, som inte varit med under mina första månader i Asien och är ännu mer novis än jag, gillar det inte. När vi senare kommer tillbaka på hotellet och upptäcker hålet i taket vill han inte mer. Det är klart att råttan kommer från vinden. Det är klart att det finns fler likadana däruppe. Det är klart att någon kommer att falla ner i vår säng när vi sover. Jag vet inte varför egentligen men jag lyckas ändå övertyga Tommy om att en natt fixar vi, så vi vilar lite, läser om andra ställen på Sri Lanka, om stränderna på östra sidan om ön och sedan går vi ut för att äta.

Men Tommys oro släpper inte. Han vill ha en öl, vilket inte är hur enkelt som helst att finna, men på ett kafé finns det och där blir vi sittande, dricker öl och äter sockerkaka och lugnar ned oss lite. När vi åter kommer till hotellet, lagom berusade för att tro oss kunna sova, upptäcker Tommy att han glömt hela sin lilla väska, med pass och resecheckar på kaféet.

Som tur är lankeserna ett hyggligt folk och när vi kommer tillbaka till kaféet möts vi av en mängd vänliga leenden och en man som sträcker upp väskan och låter den dingla fram och tillbaka som i triumf. Vi tackar ödmjukast, går till hotellet, somnar, ingen råtta ramlar ned och nästa morgon åker vi mot de vita sandstränderna.

På perrongen

När vi står på perrongen på tågstationen i Colombo får Tommy syn på de fulaste skor han någonsin sett. De är ett par damskor som är jättelånga, i guld, med två smala klackar bak, blommor fastsatta som på en hatt. Jag tar fram vår gemensamma Chinonkamera och skyndar mig så gått jag kan. Tycker det är pinsamt att rikta kameran och vrida på skärpan så jag ställer in den på en och halvmeter ungefär. Sen häller jag upp kameran framför ögat. Då rullar det in en man i gluggen. En man utan armar och utan ben. Han sitter på ett par plankor med hjul på. En fem-sexårig pojke puttar honom framåt. Fastsatt mellan hakan och axeln har mannen en mindre kaffeburk för med människor att lägga pengar i. Jag förmår inte trycka av.

Natt i centrala Sri Lanka

När man är ung, kär, tror man vet mer än man gör, lever i nuet med ett absolut engagemang blir kulturmöten oftast lärorika, men ibland är det egna beteendet så självklart att man inte ens tänker på att man utmanar. Bussresan över från västra till östra Sri Lanka går genom en evig by. Eller byar som följer på byar. I mitten av ön får vår buss problem. Den stannar. Så börjar den röra på sig lite. När vi har stannar till första gången samlas det barn utanför bussen som nyfiket tittar på oss. Vi har köpt godis för en tia i Colombo. Fått typ en Ica-kasse full. Godiset smakar inte gott. Vi börjar kasta ut godis till barnen. Bussen åker sakta en liten bit till. Skramlar. Stannar och där blir vi stående. Där vi stannat är det en öppen byggnad, som en lada som saknar vägg mot vägen. Därinne står en rostig buss. Var det förra bussen som fick motorstopp? Klockan är midnatt och efter ett tag stiger jag och Cathrine ur bussen. De bildas snabbt en ring med tre rader med människor som bara står och tittar på oss. Säger inget. Jag bjuder en gubbe på cig och då vill alla ha. Dom tackar och när de får låna tändaren är det inte helt självklart hur den fungerar. Men roligt är det. De visar varandra och tändaren skickas runt.

Ne, det går inte. De kan inte fixa bussen. Vi får vänta till i morgon bitti då det kommer en ny buss. Cathrine och jag tar ut våra sovsäckar och tänker att vi kan sova ute. En smal äldre man, klädd bara i sarong och en av dem som fått en cig visar Cathrine till två plankor som står på två bockar i ladan. Det är uppenbart att det är hans säng som han erbjuder. Cathrine och jag bestämmer snabbt att vi ska dela. Vi lägger en sovsäck på plankorna och den andra lägger vi som kudde och sedan lägger vi oss. Vi är smala bägge två, vi ligger på sida mot varandra och håller armarna om varandra.

Då börjar det singla grus över oss. De kastar sten på oss! Vad är det frågan om?

Cathrine skriker. Men sen förstår vi. Vi har, man och kvinna lagt oss tillsammans, helt öppet i samma säng, mitt i byn. Det är ytterst olämpligt.

Mareld

Det är första natten i en hydda nära stranden på östkusten. Vi går ner
till havet för ett nattdopp och eftersom det verkar alldeles folktomt och
dessutom är mörkt så kastar vi av oss alla kläder och hoppar i. Lena
tycker att vågorna är för höga och vill inte gå ut längre ut. Tommy, Ca-
thrine och jag dyker in i vågorna. Det är helt lugnt därute och det finns
mareld. Det är det vackraste som finns. När vi rör oss lyser det som
tomtebloss i vattnet. Dessutom är vattnet varmt och det är fantastiskt.
Men inte för Lena som ropar på hjälp. Vill att vi ska komma upp och
när vi äntligen gör det sitter Lenanaken och ihopkrupen på stranden.
Runt omkring står tolv unga singalesiska män. När vi kommer backar
de undan och vi letar upp våra kläder och skyler oss. Och Lena.

Lära sig?

Vi har varit med Cathrine och Lena i en månad. Nu ska vi skiljas åt. På en fullproppad station hittar vi tjejernas busshållplats. Det är sorgligt att skiljas, men de ska vidare till Thailand och vi ska vara kvar. Så är det när man reser. Man träffas, man upplever intensivt, men de allra flesta har en egen idé och man lämnar varandra med minnen för livet.

Det strömmar till människor som ska med bussen och vis av tidigare bussresor så är det klokt att inte vänta till sist med att stiga på. Det kan leda till ståplats i flera timmar. Så vi tycker att det är dags att kramas hejdå och när jag innerligt kramar Cathrine känner jag plötsligt en intensiv stark smärta i ryggen, Jag förstår först inte vad det är, vänder mig om och ser tre korta män förfärat stirra på mig, som om jag trodde de var källan. Då ropar Tommy:

-Det var han!

Jag ser vart Tommy pekar. En man i toppluva springer iväg, in i folk-massan. Sopborsten fortfarande i högsta hugg.

Det tar ett tag att lära sig ett lands seder. Inte kramas offentligt var det. Ja, just det.

Utvisade

Han är troligen förvånad tjänstemannen. Vi ser på honom och förväntar oss att han ska stämpla passen. Han ser på oss, men säger inget. Till slut lämnar han tillbaka passen. Vi är utvisade.

Sri Lanka är jättefint och vi har ännu inte varit uppe i bergen, vid Kandy, som alla säger att vi måste åka till. Vi tänker att vi stannar en månad till och det är därför vi går till polismyndigheten för att förlänga vårt visum. Vi har inte en tanke på att det ska vara några problem.

Men när vi kommer dit får vi redovisa hur mycket pengar vi har och eftersom allt varit så billigt och vi dessutom försökt att vara sparsamma har vi inte gjort av med mycket pengar. Vi har levt på tjugo spänn om dagen och då har vi bott i bra hyddor på stranden, ätit frukost, druckit fruktjuicer på dagarna och då och då unnat oss krabba på kvällen. Ändå kostar det nästan ingenting. Det enda vi inte gjort är att dricka öl för det kostar 10 kronor per flaska och där och då är det en väldig massa pengar.

Tjänstemannen säger att vi inte är bra turister. Vi har helt enkelt gjort av med för lite pengar för att få stanna säger han. Det är då vi skulle skjutit över en sedel får vi reda på efteråt. Men vi är inte vana att det kostar en smärre muta i sådana tillfällen. Vi bara väntar och när han lämnar tillbaka passen har vi en vecka på oss att lämna landet. Säger han.

Kanske är det så igen att vi inte förstått kulturen. Kanske är det så att de inte vill ha ryggsäcksfolket i landet. Hur som helst så måste vi boka vårt flyg. Vi hade köpt en bra och billig biljett i Singapore som skulle ta oss till Rom i Italien, via ett stopp på Sri Lanka, men vi hade också tänkt oss att åka ett tag i Indien och sedan tillbaka till Sri Lanka innan vi siktade Europa. Helt plötsligt är vi utvisade och inte kan vi åka till Indien heller för tillbaka in i Sri Lanka får vi inte komma. Alltså är vår Asienresa över.

Den kvällen börjar jag att få ont i pungen av alla ställen. Dag för dag blir värken större och pungen svullnar och när vi lämnar Colombo är varje steg den värsta plågan jag dittills upplevt i mitt liv. Det känns som att få en boll på pungen vid varje steg jag tar. Flygresan till Rom är en mardröm.

Möte

Det är inte förrän efteråt man kan peka ut de små ögonblick som förändrar ens liv. Utvisade från Sri Lanka har vi hamnat i Italien fast det var i Asien vi skulle vara. Trots att jag äter penicillin har jag fortfarande ordentligt ont i pungen av min bitestikelinflammation.

Tommy och jag sitter på en bar i Brindisi och väntar på en båt till Grekland. Vi har fått ändra våra resplaner radikalt och är inte helt uppåt. Nu ska vi i stället åka till Ios för lite party, försöka skaffa jobb och sedan ta oss till Israel där vi tänker arbeta på kibbutz. Europa är så mycket dyrare än Asien så vi har inte mycket pengar heller. På att åka hem finns det inga planer.

Vi dricker öl för vi tycker att är roligt och skönt, Lindrar pungsmärtan. Och när vi sitter där, det är då det sker, att livet förändras, utan att vi vet det då. Två tjejer dyker upp runt hörnet. En av dem har ett sort burrigt hår. Bägge har ryggsäck. Den lite kortare är hon som pratar med oss först. Det är hon som är Bi. Frågar var man kan köpa båtbiljetter till Grekland. Tänk om hon hade frågat några andra av barens gäster. Då hade vi inte kunnat berätta om att Ios var hur bra som helst, absolut roligast. Men nu gjorde vi det.

Bi och Giles stiger iland rakt in på Ios strand efter att blivit rodda in från den stora yacht som de fått åka med från Aten. De är på väldigt gott humör och det första de ser är de två svenskarna som sagt till dem att åka till Ios. Killarna har inga kläder alls. Och när Bi och Giles ser sig omkring är alla, nästan, nakna. Giles har aldrig i sitt liv innan sett en kuk live.

När tjejerna anländer har det gått sådär för oss sen Brindisi. Jag har fått allergiska reaktioner av penicillinet och har röda kliande utslag överallt på kroppen. I värmen. Pungen gör mindre ont men är inte bra. Det finns inga rum på hela ön när vi kommer och vi får sova på ett tak, vilket är helt okej, men det tröga är att några stjäl våra sovsäckar under dagen medan vi var nere på stranden. Vi får köpa en bastmatta och varsin billig stickig filt. Det kliar fett på alla utslagen. Sen har vi tänkt att vi ska skaffa jobb. Men för några dagar sedan har polisen gjort en razzia och inga utlänningar tillåts längre att arbeta på restauranger och barer. Vi är på Ios men det är mest jobbigt. Vi festar, men vi behöver en inkomst.

Det gäller att komma på sätt att tjäna pengar och ibland är idéerna kanske inte helt lyckade när de omsatts i praktiken. Som när Giles en eftermiddag kommer på att hon kan klippa hår. Hon har visserligen arbetat i en damfrisering i Sydafrika i några månader för något år sedan, men det var som biträde och hon hade tvättat hår och städat. Men hon är snygg och snackar som fan. Den stackars österrikiske kille som råkar bo i samma hus som Giles blir hennes första kund. Hon är försiktig. Klipper mest toppar. Det blir ganska okej. Det tycker i alla fall killen som gärna skulle låtit sig klippas av Giles i flera timmar. Hon tjänar sina pengar.

En kväll, hur nu den idén uppkommer, kommer Giles och jag på att vi ska sälja nosesucks. Jag raggar upp två irländska killar, som inte är speciellt jättenyktra och undrar om de lagt märke till Giles, den där smala tjejen med det stora håret där borta vid baren som är så jävla skitsnygg. Vilket de har och jag frågar om de vill träffa henne och kanske är de intresserade av att få ett nosesuck för 200 drachmer, som jag, som är fotograf, kan fota med deras kameror. De är onekligen frågande över själv nosesucket, men Giles är tillräckligt intressant.   Jag hämtar henne. Måste övertala henne att göra det för hon har inte tänkt att den spåniga idén ska verkställas i realiteten. Men hon följer med till killarna, pussar kvickt deras näsor och vi får 200 drachmer var, vilket vi skrattar gott åt innan deras betydligt nyktrare och större kamrat kommer och undrar om det är vi som lurat av hans kompisar pengar. Vi lämnar tillbaka pengarna. Skäms lite.
Men nu hamnar nässuget i den här texten så det var ändå värt det. Hur många har sålt nosesucks?

När jag försöker sälja en åsna som står på vägen ner till discoteket sprider sig ryktet på något sätt till en polis, som säker upp mig och undrar vad fan jag håller på med. Jag har faktiskt en potentiell köpare. Kanske är det han som pratat med något Iosbo som i sin tur inte alls tycker det är speciellt roligt och går till sin kompis polisen. I alla fall är polisen arg och jag får lova att sluta med sådana dumheter. Det är väl rätt och riktigt. Man ska inte försöka sälja andras egendom. Det vet jag ju.

Bi tjatar sig till ett jobb på Zorbas, den enda restaurangen som försöker och håller en viss standard på ungdomarnas ö. Och poliserna som kollat arbetstillstånden verkar åkt till en annan ö, så det är helt plötsligt möjligt att jobba igen. Bi hittar ett annat jobb som servitris och jag övertar hennes diskjobb. Tommy får jobb i souvlakikiosken. Giles köper ett riktigt hårfrisörset och fortsätter klippa folk, med allt bättre resultat.

På en vecka förändras allt. Jag är frisk, alla har jobb och vi flyttar in i ett gemensamt rum i Ios stad. Vi lär känna mängder av nya människor, men framför allt varandra. De kommer från Durban i Sydafrika. Vi har långa samtal på stranden om apartheid, raser, jämlikhet, sexualitet och utbildning. Bi har gått alla sina år i skolan på katolsk klosterskola. Hon har i hela sitt liv haft hembiträden som diskat, städat och handlat åt sig. Hon har resväskan full med klänningar och smink. Men hon är också arg. Hon ser allt det konservativa, rasismen och hatet som finns i Sydafrika och det har smugit sig in en känsla av skam i hennes innersta. Bi är född med en pappa som är kamrer. En strikt man som följer reglerna till punkt och pricka. En sådan person som ondgör sig över ett kommatecken på fel ställe. Att reglerna i Sydafrika är annorlunda från resten av världen funderar han inte så mycket över, bara allting fungerar. Han skickar listor med de olika europeiska ländernas valutor gentemot den sydafrikanska randen i de brev Bi får av sin pappa varannan månad. Han har skrivit dem på sin skrivmaskin hemma, på sin fritid naturligtvis, gör ju inte sådant på arbetstid. Den är avsedd för annat.

När Bi, som egentligen heter Brigitte, hör Tommy och mig berätta om det sorts samhälle vi lever i vill hon också bo där, eller ännu hellre förändra sitt eget land.
Giles är ännu mer naiv. Hon är en partytjej. Är typisk arbetarklass, med den skillnaden från svensk arbetarklass att i Sydafrika har alla vita familjer svarta hembiträden. Girls som de kallas oavsett ålder. Hennes familj har också en garden boy som sköter trädgården. Giles är sexuellt oerfaren, okunnig och mycket intresserad. Hon har inte tänkt så mycket på apartheid och orättvisor. Under varenda diskussion får hon nya perspektiv.

Tommy och jag är också naiva. När jag berättar hur Sverige kämpar mot apartheid i Sydafrika, säger jag att det inte finns rasism i Sverige, eller väldigt lite. Jag tror att det är så. Uppfostrad med tal om solidaritet och jämlikhet. Och när vi säger att vi är feminister som tror på jämlikhet mellan könen tycker båda tjejerna att det bara är för mycket. Killar som talar om jämlikhet finns liksom inte. Bi berättar om en Boerkvinna hon träffat just innan de åkt till Europa. Kvinnan som är 36 år har just skilt sig. Hon hade levt tillsammans med sin man i 15 år och alltid när de haft sex hade hon legat underst. Nu hade hon träffat en annan man och upptäckt sexualiteten. Upptäckt att det fanns något som kallades kvinnlig orgasm. Hon hade aldrig vetat. Vi berättar att vi läser sexualkunskap i skolan redan på högstadiet. Tjejerna lyssnar förvånat.

Att vi inte går i kyrkan är också märkligt. Att vi inte tror på Gud är obegripligt. Främst för Giles. Bi är mer tveksam. Hon tycker att kyrkan bidrar till att förtrycka människor, men samtidigt är söndagsgudstjänster med efterföljande familjeträffar en självklar del i hennes liv.

Vi lever tillsammans i över en månad. På dagarna beachen med diskussioner, på kvällarna arbete och sedan fest.
Vi börjar planera framtiden.

Druvplockning

Jag strejkar för första gången i mitt liv. Det är roligt.

Vi är på Kreta. Tommy, Giles, Bi och jag. Har lämnat Ios för att tjäna drachmer som druvplockare i bergen på Kreta. Vi har hittar fram till det torg i utkanten av Heraklion dit druvägare kommer för att söka arbetskraft. Tillsammans är vi ett hundratal ungdomar från hela världen som vägrar att plocka för mindre än 1800 för killar och 1600 för tjejer. Vi förstår inte riktigt skillnaden och Bi blir jävligt förbannad och ska också ha 1800. Någon förklarar att skillnaden beror på att killarna förväntas bära druvhinkarna, medan tjejerna bara plockar. Men nu är det strejk. Plockarna som är mer professionella än vad vi är, säger att det är ganska bråttom med plockandet. Det har regnat överraskande mycket och nu är det bråttom att få bären av buskarna.

Då och då kommer det några potentiella arbetsgivare in på torget i sina pickuper som erbjuder jobb. Många plockare rusar fram och det uppstår diskussioner runt arvodet. 1500 för män och 1300 för kvinnor. Upprörda röster och inga plockare som nappar på anbudet. Kvällen närmar sig. Flera bilar kommer men ingen överenskommelse. Vi sover på torget på natten, dricker Retsina, spelar gitarr och har det allmänt trevligt. Dagen därpå på eftermiddagen kommer det en karavan med bilar. 1800 för män och 1600 för kvinnor. Vi har vunnit. Bi får ge sig.

En stor stark karl hyr oss fyra, ett holländskt par och en grekisk kille. Vi lastas upp på flaket på en lastbil och körs upp i bergen. Vi stannar i en by där det finns ett tiotal boningshus och en taverna. Vi får allihop bo i ett rum med en dubbelsäng och med utrymme att sova på golvet. Tolv kvadrat.

Middag första kvällen med familjen runt ett stort bord med sallad, feta, färskt bröd, kött, sås och potatis. Och vin förstås. Trevlig stämning och sen sover vi gott på golvet.

Väckning klockan fem. Åker halv sex medan solen håller på att gå upp. Är vid druvodlingar kvart i sex, får en kopp te innan och sedan är det dags att börja plocka. Bergen är branta. Det är inga raka rader på ett fält. Det är random plantor i berg. Vi får var sina fyra hinkar som det bara är att fylla med klasar med druvor. Det går ganska fort att fylla upp dem och sedan ropas jag och den grekiska killen på och nu ska vi bära. Det är fortfarande rätt nära till dit druvorna ska hängas på tork för att bli russin, kanske femtio meter, men ganska brant uppför. Med en hink på varje axel och sedan ner igen för att få två nya hinkar och sedan upp igen. Jag fattar rätt fort att bärandet kommer att bli tufft. Stålhinkarna kommer att bli värst. Det är mycket tyngre och skaver genast på axeln. För bara tvåhundra mer än vad plockarna får. Bi är en vinnare, trots allt.

Vi plockar och bär till tolv. Då är det lunchrast med bröd, sallad, vin och sovsiesta på det. Vi somnar på en filt i skuggan av ett olivträd. Därefter tre timmar till med arbete. Benen känns som överkokt spagetti. Farmor, som också plockar skriker "Grigora grigora", som förstås betyder" skynda skynda" samtidigt som vi kommer allt längre från plockplatsen till hängplatsen. Svett blandar sig med druvsaften som kletar över hela kroppen. Vi är alla mycket trötta när den första dagen är över och vi åker hemåt för en dusch, middag, natten på golvet och sedan med en värkande kropp vakna klockan fem för en ny dag. Nio dagar kvar. För 180 svenska kronor per dag. Men ändå ganska mycket pengar när vi får allt för tio dagar på en gång.

Men nu är det här med duschen. Det finns ingen dusch. Det finns en kran som sitter i knähöjd och det finns ett stort fat att fylla på med vatten. Kallt vatten.

Man blir efter några gånger ganska bra på att krana sig.

På den sjunde dagen blir Bi och jag blev uthyrda en morgon, utan att bli tillfrågade är det bara att följa med en annan vindruvsodlare för att plocka på hans berg. Ännu brantare. Bi, morfar och ett av barnen plockar. Jag bär hinkar, nedför bergen. Jag sliter och svettas, men Bi har sitt också. Gammelgubben vill hela tiden att Bi skulle visa tuttarna för honom. Är skitjobbig däruppe på berget. Till slut pallar hon inte utan säger till frun i huset. Som säger något hårt och tydligt på grekiska som vi inte förstår, men det ögonen säger förstår vi och gubben också för efter siestan är det bättre. Men då orkar gubben bara en timme till och sen går han hem och vilar sig.

Överraskningen i slutet av dagen uppväger allt, Whisky, fin middag och bäst av allt, varmvattensdusch!

Och sen är det över. Vi får varsitt kuvert under den sista middagen och stämningen är åter god. Den intjänade lönen räcker både till resa utan hytt till Israel och jag har nära 1500 nya kronor i fickan. Rika kommer vi fram till Haifa och efter en lång passprocedur blir genast uppraggade på kajen till en kibbutz. Gwat.

Kibbutz

Pengarna från druvplockning på Kreta använder vi oss av för att åka till Israel. En man ser oss i Haifa hamn och kommer med erbjudandet att köra oss till kibbutz Gvat. Kibbutzen är det närmaste man kan komma till en levande fungerande kommunism. Gemensam matsal, egen affär med intern valuta. Det nödvändiga är gratis och delas ut. Kläder mat och lite fickpengar. Könsrollerna är stenhårda men alla barnen uppfostras tillsammans i gemenskap med andra barnfamiljer. Skola finns på området.

Det är bara månader sedan Israel invaderat Libanon, tvingat bort PLO och upprättat en säkerhetszon inne på libanesiskt territorium. Det finns beväpnade soldater överallt på kibbutzen. På äppel- och avokadofälten medan de arbetar, i matsalen och vid ingången till kibbutzen.

Unga människor, från Argentina, Mexiko, Chile, Australien, Finland, Holland, England, Sydafrika, Sverige, Tyskland, USA och säkert några länder till, hjälper Israel i sin politiska gärning även om de allra flesta, som vi, är tämligen politiskt okunniga eller ointresserade. Ungdomar mer inriktade på kulturmöten och festande.

På förmiddagarna arbetar vi med olika saker som kommit upp på en lista kvällen innan. Det är äppelplockning, som är helt okej, men bara om man tilldelas en äppelplockarmaskin som är ett slags motoriserad lift där man står i en korg och plockar äpplena i kronan. Däruppe bland topparna är det ständigt äppelkrig. Så fort man ser någon annan i en annan maskin som plockar i ett annat träd tar man ett äpple och skickar iväg. Det gäller hela tiden att vara alert. Det finns de som inte bara kastar mjuka ruttna äpplen och hårda färska gör ont att på i ansiktet. Men äppelkriget förgyller arbetet.

De flesta arbeten som ska utföras är enkla. I två dagar får jag stå vid en maskin och kapa mässingsrör. Jag får ett långt rör som är två meter långt och två centimeter i diameter. Jag ska sätta fast röret i maskinen och mata fram de fyra utmätta centimetrarna som maskinen är inställd på och då kapar maskinen en perfekt bit som landar i en tunna. En tunna som blir full efter ett tag och som jag då får flytta tre meter åt sidan och ersätta med en ny.

Jag tänker på att det faktiskt fanns de som har sådana jobb. Sju till fyra med en siren som avslutar dagen. År efter år. På fabriken. Det var klart att de spelar på stryktips och hästar och Lotto. Drömmer. Jag tänker på alla dessa människor i världen som knappt ens får någon lön för jobbet på fabrikerna. Barnen som jobbar tolv timmar om dagen. Jag tänker att två dagar är precis lagom. Aldrig mer.

Men det finns ett jobb som är ännu värre. Också det i den industriliknande delen av området. Där finns en maskin som sprutar ut plastbitar, ungefär hundra i minuten. Den utsprutande plastbiten består i sin tur att fem mindre delar som hälls ner i olika hål i en maskin och sedan sätter maskinen ihop dem. Hur bra och smidigt som helst. Plopp plopp plopp….

Bredvid den maskinen finns det en annan maskin som också den sätter ihop en exakt likadan plastbit av de mindre delarna. Det som är annorlunda är att det runt den andra maskinen sitter fem personer med varsin sorts plastbit och lägger dem på rätt plats på en skiva som snurrar en hastighet som gör att en plastbit sätts ihop på en minut. Arbetarna är gamla män, varav flera har intatuerade nummer på armarna. Det är pensionärernas terapiarbete. Och ibland när det fattas någon pensionär runt maskinen så får vi volontärer rycka in och fylla upp platsen. Lägga dit plastbit. Vänta. Vänta. Vänta. Se sig omkring. Vänta. Försöka läsa numret på armen. Vänta. Lägga dit plastbit. Vänta. Vänta. Vänta. Kolla på klockan. Vänta. Lägga dit plastbit. Det är ofantligt långa pass.

Vi volontärer har ett eget område i utkanten av kibbutzen. Där finns våra tvåbäddsrum och där har vi vår egen pub. Ölen kostar några få shekel och ofta är det fest. En kväll ska vi ha maskerad. Tommy är så jävla dum i huvet som man bara inte får vara. Han börjar ladda upp redan på eftermiddagen medan jag spelar tennis och jag vet inte hur berusad Tommy är för jag får bara höra efteråt vad han gjort. Jag vet inte hur han tänkte, eller om att tänka överhuvudtaget var en för avancerad aktivitet denna eftermiddag när Tommy klär ut sig med Hitlermustasch och går för att äta i matsalen. Kastas ut förstås. Varnas.

Som tur är får han stanna på kibbutzen. Kanske är de vana med märkliga händelser, för där finns onekligen många udda personligheter. Som Mexikana, Ester från Mexiko, som är en hårt troende katolik, men som är lite väl frikostig med sex, med lite för många villiga män och som förklarar när vi ställer frågan varför preventivmedel inte behövs. He come, me not come, no babies, förkunnar Ester upplyst. Bi har en kurs i grundläggande sexualkunskap med Ester och när alla andra håller med Bi, börjar Ester bli orolig att hon är gravid. Konstigt nog.

Där finns också Klaus, en tysk man, som vanligen tjänstgör som frivillig legosoldat i allestädes krigshärdar och är så mycket rasist man kan vara. Han gillar att skjuta afrikaner i djungeln som han säger. Han vilar upp sig på kibbutzen. Sen ska han till Afrika igen. Honom gör vi inte till någon närmare vän.

Etsningar i London

Vi har fått idén att vi ska jobba i Schweiz under skidsäsongen men kommer för tidigt. Det snöar inte när det borde och att hänga kvar i världens dyraste land och vänta på eventuellt jobb går inte. Det blir London. Vi flyttar in i 352 Finchley road i ett hus fullt av backpackers. Jag blir tavelförsäljare. På Art Throb.

Första gången jag ser tavlorna jag förväntas att sälja tycker jag att de är både fula, har tråkiga motiv och att den bruna ramen och inglasningen mest känns engelskt tung och trist. Tavlorna är av koppar och aluminium och tryckta i en etsningsmaskin som ger bilderna en nästan tredimensionell effekt. De är inte vackra. Jag är klart skeptisk när jag åker hem med det femsidiga häfte med försäljningsknep som jag får med mig för att läsa till nästa dag.

Man ska ju helst själv gilla det man säljer. Men det är bara att gilla läget och ge försäljningen en chans. Jag har ju inget annat jobb och om jag ska vara kvar i London måste jag ha pengar. Sverige inte med i EU och det är inte lagligt för mig att arbeta i England så jag får vara beredd att ta det som erbjuds.

Problemet med att tavlorna är trista löser sig emellertid väldigt fort. På mitt första försök säljer jag två kartbilder som föreställer jordens två hemisfärer, ritade på 1600-talet, utifrån den dåtida kunskapen om hur jorden såg ut. Jag tjänar mina första 22 pund. Efter en vecka har jag sålt så många att jag redan har mina egna favoriter bland motiven. Jag börjar gilla tavlorna.

Jag går runt på kontor i London och säljer. I de två väskorna ligger fyra tunga tavlor i varje. När man väl kommer in i kontorsbyggnaden är det överraskande lätt. Det gäller bara att komma förbi säkerhetsanordningen. Det finns de kontor där man bara kan gå in, men de är få. De flesta har antingen en porttelefon vid ytterdörren som man ringer på, någon svarar och man säger vad man vill och har man ett giltigt skäl accepterades man och släpps in. Problemet för mig är att som ett giltigt skäl för att släppas inte räknas att sälja tavlor till personalen på deras arbetstid. Jag trycker givetvis på ringklockan till något av kontoren som ligger högt upp i byggnaden. När de svarar muttrar jag något ohörbart, får ett svar tillbaka att de inte uppfattar vad jag säger. Jag muttrar igen, väntar en stund och sedan öppnas dörren. Ingen orkar åka ned för att kolla. Sedan går jag till byggnadens alla företagskontor och säljer, innan jag går till den som släppt in mig. När jag väl kommer dit har de redan glömt bort det där konstiga muttrandet i porttelefonen för en timme sedan.

Det är svårare att ta sig in om det finns en vaktmästare eller någon annan typ av vakt vid entrédörrarna. Då gäller det att gå in genom dörren med raska kliv, se ut som om jag känner mig hemma i byggnaden, kasta en snabb blick på den obligatoriska tavlan med alla företagsnamnen, bestämma mig för ett företag, fortsätta att gå snabbt, nicka och hälsa på vaktmästaren och säga till exempel "Jones and Company tre trappor va....?" och hoppas att jag inte behöver signera mig in som några få kontorshus har börjat med. I så fall är det kört. Annars är det bara att börja sälja.

Visserligen händer det ibland att vakten börjar jaga mig och ett par gånger blir jag utkastad, men taktiken att alltid i byggnader med manuell säkerhet åka först till fjärde våningen, sen till nionde, sen till andra, vilket gör att jag oftast klarar mig och kan sälja på alla våningsplan. Det är som en rolig lek som ingår i arbetet och oftast är det i byggnader med bra säkerhet som det går bäst att sälja för där tycker personalen, nästan uteslutande de kvinnliga kontorister som är mina primära kunder, att det är roligt och skönt med ett kort avbrott i arbetet.

Efter ett tag börjar jag hitta på historier om mina tavlor. Det är roligare och jag märker att det bidrar positivt till min försäljning. Två av bilderna har japanska motiv. Det är en bild av en samuraj och en bild av en geisha. Jag säljer dem som ett par för 50 pund och hittar på historien om att just dessa två är kända i hela Japan som den japanska motsvarigheten till den i England, då den kom ut, förbjudna sekelskifteshistorien om Lady Chatterleys älskare, som alla engelsmän känner till. Det säljer.

En annan bild som föreställer två småfåglar med kinesiska tecken skrivna bredvid kallar jag "The chinese lovebirds". Om en bild som visar en dimmig morgon i skogen "Misty morning" berättar jag att det är ur en välkänd skandinavisk myt om en fe som kan göra sig osynlig. Och om man tittar just där, jag pekar, kan man faktiskt urskilja något mystiskt felikt i dimman. Många ser fen, tycker det är häftig och köper. Efter ett tag kan jag nästan se den själv.

Min bästa är ändå Nell Gwynns house. Nell Gwynn, får jag lära mig, hade varit älskarinna åt en kung Karl II på 1600-talet som bodde på Windsor Castle. På bilden ser man en pub i ett brunt hus och tack vare etsningseffekten glänser det i ett av fönstren ovanför puben. Beroende på varifrån man kollar på bilden ser det lite olika ut, men jag ställer min kund i exakt rätt vinkel, använder min fe-taktik och vips så kan man med lite god vilja se hur slottet reflekteras i fönstret. Många ser och köper. Det är faktiskt en lite rolig tanke att det kanske ännu, finns människor som ser saker i tavlorna som inte finns, men som de i 35 år troligen har haft en viss glädje av.
Det är nästan som religion ju.

Art throb

På Art Throb passerar ganska många personer i jobbet som tavelförsäljare under mina månader där. Alla jobbar på provision. Ingen betalar skatt. De flesta har arbetslöshetsunderstöd. Leroy finns inte ens registrerad i England. Han kommer från Jamaica, har varit i London i fem år, aldrig haft ett riktigt jobb, bor i Brixton och på riktigt har han en trenchcoat, där det i den vänstra sidan, när han öppnar den, finns klockor. I den högra, mer i smyg, gömda i de specialsydda fickorna finns drogerna. Leroy säljer sina tavlor för 50 pund styck.

Peter börjar sälja tavlor samma dag som jag. Stuart som äger Art throb är skeptisk till hur det ska gå. Tavlorna, fyra stycken i varje väska, etsade i koppar och aluminium och inramade med bruna ramar och inglasade, är tunga. Peter är neurosedynskadad. Har runda stumpar som avslutar bägge armarna strax nedanför armbågarna. Han har proteser med händer som han kan gripa med. Peter får provgå med väskorna och han verkar inte ha några problem.

Stuarts pappa som är än mer skeptisk, säger, när Peter inte hör, att kanske kommer Peter att sälja för att folk tycker synd om honom. Peter får en chans.

Peter säljer bra.

Peter dricker bra också. Ville gärna avluta dagen med en öl på puben. Jag tror att han är lycklig där ett tag. Säljer, har ett socialt umgänge och vi är alla imponerade av hur smidigt han sköter sina proteser. Efter ett tag upptäcker vi att han ljuger hela tiden. Han har varit på för många platser, har träffat för många kändisar, hans adressbok är fylld med telefonnummer till för många tjejer, har för många rika släktingar och han dricker för fort och för många öl.

En kväll chockar han oss andra på pub då Peter helt plötsligt, out of the blue, börjar hetsa upp sig och blir förbannad på någonting vi andra inte förstår. Han börjar skrika och svära åt oss, någonting om att det inte är så jävla roligt att vara handikappad och det bör vi väl för i helvete faktiskt förstå, om vi inte var så fucking dumma i huvudet och egoistiska och sen smäller han armen i bordet så armen lossnar och flyger upp i luften och dimper ner med en smäll hos chockade bargäster på bordet bredvid.

Sen börjar han skratta. Skämtade bara. Hela puben chockas och bryter sedan ut i kollektivt nervöst skratt som förändras och blir riktigt och lättat. Och första gången är det faktiskt rätt så roligt. Vi blir förvånade och de vid grannbordet sätter bokstavligen ölen i halsen. De har hört någon hetsa upp sig och sen kommer en smäll och sen kommer en arm flygande. Det är klart det är något alla berättar hemma.

Nästa gång ett par veckor senare Peter ger oss samma show är det inte roligt alls och efter den tredje gången på en månad tar vi inte längre en öl efter jobbet.

Nattligt hot

Efter ett tag blir livet rätt vanligt. Trots att vi bor som vi gör tillsammans med fullt av människor som lever kortare eller längre perioder som gäster i landet, är det arbete och att skaffa pengar som gäller och man är rätt trött efter en vanlig arbetsdag. Sedan ska det handlas, lagas mat och så går det i en slags rutin som ändå är angenäm. Men det händer ofta något, det är fler fester, fler samtal hemma och när det en dag faller snö så att det går att rulla snögubbar och fjorton vuxna, varav hälften aldrig sett snö innan, bygger snögubbar, snölyktor och gör snöänglar tillsammans, då händer det något med relationerna.

Gamla hus där sådana som vi får bo är inte speciellt uppvärmda. Rummen är kalla och Bi och jag har en värmefläkt. Vi får betala extra för elen. Det finns en mätare som fungerar genom att man stoppar i mynt. Ibland tar elen slut på natten och ibland funkar inte elen över huvud taget. Det finns varmvatten i badrummet, men inte så det räcker om man kommer som åttonde person till duschen. Badkarets botten är lika iskallt som stengolvet. Att duscha på morgonen är ingen helt igenom behaglig upplevelse.

Bi, Tommy och jag har varit och tvättat i loundromaten. När vi är klara går vi för att hämta hem Giles som fyller år dagen efter och vi har en plan för henne till tolvslaget. Hon jobbar på en pub i närheten och blir glad när hon ser oss. Det är en lugn kväll och Giles presenterar oss för en gäst som hon pratat med ett tag. Han är blond, några år äldre än oss, snygg och från Danmark. Han verkar trevlig. Vi tar med oss den danska killen hem till huset på Finchley road och där har de andra skött sitt jobb. Det har bakat tårta till överraskningen och det finns mousserande vin.

Vi sitter i det gemensamma vardagsrummet skålar och sjunger för Giles. Någon tar fram en joint och tänder. Tårtan är jättegod. En tjej från Nya Zeeland är bagare. Men vi ska alla upp och jobba i morgon så det blir ingen sen kväll. Imorgon ska vi äta indiskt och därefter ska vi till vinbaren med bra musik som ligger nedför gatan tre hundra meter.

Maten är god, vinbaren rolig och när den stänger vill vi inte att kvällen ska vara slut så vi går hem till huset. Den danska killen har anslutit på vinbaren och han följer med. Jag börjar tröttna och går och lägger mig. Jag sover då Bi kommer hem. Hon väcker mig, är inte nykter alls, men tydligt upprörd.

- Hasse. Vakna! Den danska killen är tokig. Han har vapen i bilen.

Vad fan snackar hon om?

- Bi, jag sover.

Men hon ger sig inte utan berättar, trots att jag inte lyssnar så noga, att hon följt med ut till hans bil och att han har sagt åt henne att följa med över till Frankrike på torsdag. I övermorgon. Att han räknar med henne. Hon vill fan inte följa med honom. Men hon är rädd. Jag orkar inte höra.

Två dagar senare har jag jobbat hela dagen och Bi ska jobba kväll på sin vinbar i Kensington och sen ska hon också sova hos Shelley som bor närmare. Tommy som sover i ett kallt rum utan värmeelement sover inne hos mig när Bi är borta. Klockan halv två knackar det på dörren. Det är Polly som bor i rummet närmast köket på nedre botten.

- Giles sitter i köket med en person som har en pistol, viskar hon.

Giles har vaknat upp mitt i natten av att den danska killen väcker henne och pekar på hennes huvud med en pistol. Sen har han släpat ner henne naken två våningar och i Pollys rum har hon fått gå in och låna en morgonrock. Det är därför Polly kommer till mig. Tommy reagerar som jag gjort med Bi. Jag vet att något är jävligt fel. Jag är inget bra med män med pistoler. Jag är inte van vid det. Jag drar på mig byxor och t-shirt och går ner till köket. Jag kliver bara in. På bordet ligger pistolen som han genast lägger handen på. Giles är tydligt rädd och spänd. Vad händer? Jag vet inte. Det är vajsing här. Det är det otäcka. Dansken säger att han arbetar för narkotikapolisen och han tycker vi ska veta vem som säljer amfetamin i huset. Vi har aldrig sett något sådant. Tror inte på det. Och sedan säger han att han är en slags legoknekt och att han redan dödat en person ikväll som inte höll ett avtal.

Bi.

Sen ber han oss berätta det vi vet igen. Om knarket. Vad tänker han göra? Han kan vara precis hur tokig i huvet som helst och han har vapen. Det är väl just därför man måste ha vapenlagar som försvårar. För att en del kan göra vad fan som helst. Han verkar inte drogad. Väldigt sansad. Fan vad det är spänt.

Och sedan när klockan är halv sex säger han att han ska gå. Vi får lova att vi inte ska berätta om honom och vi lovar så klart så uppriktigt vi kan och sedan stoppar han pistolen i ett hölster och så går han.

- Var är Bi?
- Hos Shelley. Berättade hon om honom för dig?
- Ja.

Vi är riktigt oroliga, men det går inte att få tag på Bi nu. Jag går med Giles till hennes rum och vi börjar älta. Vem var han? Hade han kunnat skjuta oss? Kan han varit polis? Kan han ha dödat? Ikväll?

Vid lunch kommer Bi hem. Vi går till polisen. Ser danska killens bil en gång till utanför vårt hus, men ser honom aldrig mer. Bi och jag flyttar in i en liten lägenhet på Gloucester road.

Sommar

Tredje gången jag kommer till Ios kommer jag dit själv. När färjan lägger till vid Ios är klockan inte ens fem på morgonen. Har sovit i stort sätt hela natten ute på däck på båten från Pireus. Går hela vägen upp till Ios stad och kommer dit då det fortfarande är helt tyst i de vitkalkade gränderna. Passerar Jonis Electric Bar, förbi souvlakikiosken Tommy jobbat, bort mot baren Friends, innan jag går tillbaka till torget och äter frukost. Ordnar med boende genom att gå upp till familjen vi hyrde av förra året och blir välkomnad med frukt och bästa rummet. På väg ner till stranden upplever jag ett av de där sköna ögonblicken av att vara helt lycklig, att vara alldeles tillfreds med livet. Det är en dag som ler mot mig. 23 år gammal, fri, trygg och lycklig. Det är som att komma hem.

Jag lever en månad på att knyta armband av trådar. Tillverkar dem på stranden på dagarna och säljer fem sex armband på kvällen för en tjuga styck. Jag skriver vykort också. Alla ska skicka vykort hem. Väldigt få tycker att det är speciellt roligt. Det tycker jag. Och för en öl eller för ett gäng drachmer hittar jag på en kort semesterskröna som kan skickas hem till kompisar och, för de som törs, till föräldrar.

Bi och jag har tagit olika vägar. Hon har stannat i Luzern i Schweiz för att hälsa på någon. Men nu kommer hon. Skaffar jobb direkt, förstås. Men efter bara ett par veckor av trivsel blir hon upptryckt mot en vägg av en man som är från Ios, som hon skojat lite för mycket med. Han vill mer. Han river och sliter i hennes kläder. Det är sent och gränderna är mörka och tomma. Hon skriker. Han är gammal men överraskande stark. Han sliter sönder hennes tröja och drar i trosorna. Då kommer ett par förbi. Mannen släpper och Bi springer hem. Förbannad, arg, ledsen och rädd går hon till polisen nästa morgon. Hon pekar med lätthet ut mannen. Det är synd om mannen måste hon förstå, säger polisen. Hans fru är död och i våras körde hans son ihjäl sig i en motorcykelolycka. Bi vill inte stanna på Ios mer.

Gubbslem

En Shellmack utanför Patras i Grekland är min arbetsplats i fem- sex veckor. Jag tjänar skamligt med mynt. Chefen Janis lovar mig en lön på 300 drachmer om dagen. Dem får jag så småningom skriva upp på blåskontot, men Janis förstår väl att jag tjänar mer än dem som han har som verkligt anställda och dessutom snor jag ju åt mig den dricks de vanligen får. Det är jag som är fönsterputsaren och biltvättaren. Varje bil som kommer får en fönstertvätt av den långa blonde killen som bara dyker upp och tvättar utan att fråga. Och alla ger dricks. Fickorna fylls snabbt. Jag bråkar inte alltför mycket om de där andra pengarna. Jag har ett jobb och jag tjänar pengar. Samtidigt är det trist att Janis inte håller sitt ord, men vad kan jag göra? Jag har ju inte direkt någon fackförening i ryggen och jag kan femtio ord grekiska och Janis är en van gormare. Jag är mer svenskt försiktig i det avseendet.

Jag har träffat Janis på campingplatsen där Bi och jag bor. Bi jobbar där, hårt, tillsammans med Eleni, och sköter om hela campingen. Elenis man, Stavros, som själv ser sig som ägaren och föreståndaren av campingen gör inte ett förbannade dugg, mer än att sitta på den stora altanen på kvällen tillsammans med Janis och proppa i sig mat och dricka vin. Då och då bjuder Stavros av husets förråd. Det är om det kommer någon som ser lite rikare ut och har fin bil, eller några unga kvinnor som gubbarna flörtar med på sitt obehagligt gubbsjuka vis.

Janis gör inte heller någonting på jobbet. Sitter några timmar på kontoret på sin mack, snurrar på sitt radband och gormar åt de anställda eller över någon kund. Sen åker han en sväng på stan några timmar och sedan kommer han och hämtar mig och vi åker hem till campingen där han sommarbor med sin familj. Han frågar hur det gått för mig och jag säger väl att jag är nöjd och visar bulan på låret där mynten ligger i fickan. Jag visar inte andra fickan som är lika full.

En dag frågar Janis med hjälp av teckenspråk vad bröst heter på engelska. Boops har han hört lite så sådär osäkert och vill förvissa sig. Nej. Inte boops. Boots, säger jag som anar vad Janis skulle göra av den informationen. Aha, säger Janis. Boots.

När jag kommer hem den kvällen får jag extrajobb på campingen. Bi undrar om jag har lust att skala lite potatis. Javisst. Får en halv hink och en kniv och sätter igång. Har väl skalat så det är en femtedel kvar då campingägaren kommer med två hinkar till. Vad fan! Men jag bor ju faktiskt gratis, tänker jag. Men det är ingen fråga eller så, Han bara ställer fram hinkarna och går.

Det tar mig två hinkar för att börja ogilla franska tolvåringar. Ytterligare två att börja tycka jävligt illa om dem och fyra hinkar senare hatar jag franska tolvåringar. Det har kommit en hel busslast sådana. Ingen av dem gillar maten som serveras. De vill ha pommes frites. Bara pommes frites. Jag skalar.

Men samma kväll som jag skalat de första fyra hinkarna och sedan tagit ett bad i havet och satt mig på altanen med en bok, kan jag roa mig med att de allt fullare jämlikhetsförebilderna Stavros och Janis börjar ropa till Bi medan hon serverar, ”Brisitt Boots! Boots boots Brisitt'” och skämmer ut sig dubbelt alltmedan de skrockar gott och känner sig nöjda med sig själva.

Lite lön för mödan

De sista veckorna i Patras ansluter sig Giles. Hon har varit i Turkiet över sommaren men nu ska vi plocka druvor i bergen norr om staden och vi ska tjäna 2000 per dag. Säger Stavros.

Det här är något helt annat än på Kreta. Det hade inte varit lyx där och inte hade vindruvsbuskarna varit placerade i de tydligaste raderna, men här är det bara som ett grönt fält, druvbuskar, ogräs och andra buskar i ett enda virrvarr. Dusch finns inte alls på gården. Inget rinnande vatten överhuvudtaget och vi bor i en lada på hårda madrasser. Det finns ingen toalett heller. Det finns hål i marken. Vi blir lovade att bli skjutsade till campingen varannan dag.

Den som tillsammans med Stavros äger området är en man i 60-årsåldern med gräsliga bensår, som luktar illa. Det blir vi varse på kvällen den andra dagen då vi förstår att vi inte kommer att få någon dusch hemma på campingen. Som en slags kompensation slipper vi ladan och får sova i boningshuset som bara är ett stort rum, med kök, köksbord med stolar och ett antal sängar i rader. När det blir dags att lägga sig, lägger sig gubben och sträcker ut benet på en stol. Skriker på sin fru som kommer med en ouzo och börjar ta bort bandaget. Det är då det börjar lukta. Vi sneglar på det öppna såret och sen vänder vi bort våra blickar. Varigt, äckligt, blodigt, svampigt. Han skriker att hans ouzo är slut, slår i bordet och skrattar åt vårt håll. Frun kilar iväg efter ett nytt glas.

De andra som plockar med oss kommer från trakten. Ingen kan någon engelska. Det är arbetslösa som arbetar som fruktplockare när de kan. Några av dem bor i ladan på kvällarna och andra har inte alltför långt hem. Tempot på plockningen är lågt, men fortfarande jobbigt. Giles och jag bestämmer oss för att det inte är värt det. Sex dagar får räcka. Bi är med på att det är dags att åka. Vi ska bara se till att få betalt. Stavros ger oss 1500 per dag för plockningen och försöker blåsa Bi så att hans fru Elina skäms och ger Bi pengar i smyg. Janis och bensinmackslönen ser jag inte röken av. Vi lägger ner några vinflaskor i ryggsäckarna och tar två kassar proviant från köket när vi åker. Korfu på semester.

Squatting

Tillbaka i London träffar Bi en man som ockuperar ett hus vid Earls Court. Squatting i London är ett kryphål i lagen som säger att lägenheter inte får stå tomma en längre tid. Man kan helt enkelt flytta in och ockupera ett hus man inte äger, byta lås och ringa in till elverket och ta över räkningen och få el. Självklart flyttar vi in det största rummet på nedre botten. Det finns förstås inga möbler så vi får besöka Portobello Road Market för att utrusta oss. Det blir fint utan att vi satsar allt för mycket. Det är inte tänkt att vi skulle bo kvar så länge. Vi ska till Sydafrika.

I två månader bor vi komfortabelt och gratis nära tunnelbanan i bästa området i London. Däremot är inte den återupptagna tavelförsäljningen någon succé. Dels börjar det bli svårt att hitta kontor där ingen redan varit, men främst för att jag i ett kontorsrum hos Stuart, som driver Art Throb, får syn på de tunna pappersbitar som är tavlorna. Jag har trott att det som gjorde tavlorna så tunga är att de är etsade i metall och att det är rejäla skivor. Det här är stora vykort med ganska bra etsning. Det är bara glaset och i viss mån ramen som bidrar till vikten. På något sätt känner jag mig blåst. Det är ännu mer bluff än vad jag trott. Det blir svårare att luras och vara säljaraktigt påstridig när det är inglasade vykort jag säljer.

Lite säljer jag ändå för jag måste ju leva. Sydafrika närmar sig alltmer. Bi klipper sig billigt på en frisörskola och får värsta fula punkfrisyren. Förändringen hon ska visa upp hemma syns utanpå. Ångesten inför hemresan växer.

Välkommen till apartheid

Att komma till Sydafrika 1984 mitt i värsta apartheid är mycket märkligt. Att jag dagligen och i alla sammanhang möter en massa rasister känns konstigt. Människor som i själen är övertygade om att de är mer värda, klokare och längre komna i utvecklingen än den största delen av befolkningen och att de därför har rätten att bestämma i landet. Det är ju det som är det politiska systemets idé och något jag är förberedd på, delvis. Jag vet inte om jag ens träffat en riktig vardagsrasist innan. Vi är ju inte sådana i Sverige. Jag tror inte det. I min värld är rasister riktigt udda typer. Som de jag hört talas om i skolan i Strängnäs, där familjen Oredsson bodde som ledde Nordiska Rikspartiet. Men vanliga människor tycker att rasism är någonting föråldrat och märkligt. Sådan är min övertygelse. De gånger vi pratar rasism är det främst USA vi tänker på. Rasismen i Sverige är ännu dold och inget som vi talar om. Men i Sydafrika tänker man på raser hela tiden. Rädda är de också. Och beväpnade.

Den första kvällen i Durban innebär först att hälsa på Bi´s mamma och pappa.

De bor i ett niovånings hyreshus i centrala delarna av staden, endast för vita. Senare är det välkomstfest hemma hos Bis gamla kompis Mandy. Grillning på stora altanen. Bi har varit borta i 18 månader och förstår hur hon förändrats. Nu är hon tillbaka, med punkfrisyr, som feminist, antirasist, ANC-supporter och ateist. Hon är rädd för hur hon ska uppfattas. Hon är osäker på vad hon kommer att tycka om sina gamla vänner. Hon undrar hur jag kommer att reagera.

Det blir en lätt kväll. Alla i sällskapet är vita, för mörkhyade får helt enkelt inte vara på det området på kvällen. Tropiskt väder, öl, god mat och jag har intresserade människor runt omkring mig hela tiden. Väldigt lite politik och ännu inte frågan jag sedan alltid får, ”Vad tycker du om Sydafrika?”, vilket alltid skapar diskussioner med människor som är rasister sedan födseln. Vad ska jag säga? Det är ju för jävligt. Men den här första kvällen är det mindre apartheid än vanlig konservatism. Som när vi går på discotek senare på kvällen och Bi, i trappen till entrén, frågar en tjejkompis om hon har en tampong att låna ut och blir hyssjad. Någon kan höra. Sådant kan man inte tala högt om på allmän plats.

Någon halvminut senare möts jag av skylten där det står att man inte får komma in på stället utan krage på tröjan eller skjortan och att man inte får ha jeans eller gympadojor. På den mindre skylten under står: Please leave your guns in the reception.

Nästa dag är det söndag. Bis mamma och pappa tar alldeles för givet att vi ska följa med på gudstjänst på förmiddagen för att Bi ska få träffa hela släkten. Vi ställer upp. Vilket på sitt sätt är spännande. Den katolska gudstjänsten är förstås på latin, vilket ingen förstår, men alla gör som prästen säger, så som man alltid gör och som det förväntas, ser allvarliga ut och gör korstecken utan minsta reflektion. Precis sådär som de flesta kristna gjort i tvåtusen år. Efteråt förfasas släkten unisont över Bis frisyr och håret under armarna. De vuxna skrattar och säger att håret det växer nog ut och rakas nog av när hon tar sitt förnuft till fånga och blir en riktig kvinna igen. De undrar säkert över den där långhåriga skäggiga grabben som kommer från Europa och verkar gilla tjejer med hår under armarna. Jag förundras över hur de behandlar sina hembiträden. Som luft.

Baas kopp

Efter fyra dagar hemma i Durban tycker Bi att det är dags att börja arbeta så hon går ut på morgonen för att besöka sin gamla arbetsplats. Mamma Hilda och pappa Jaques är på sina arbeten och när jag vaknar framåt tio så är det bara jag och hembiträdet Christina hemma i lägenheten.

Christina har arbetat i familjen i femton år, men behövs egentligen inte värst mycket längre. Dels har Christina fyllt sjuttiosju och orkar inte så mycket. Dels klarar Hilda det mesta i trerummaren själv. Hon och Jaques rör inte till som tonåringar längre. Men Christina har en handikappad son. Någon annan inkomst har hon inte och att sluta jobba är inte möjligt. Så Christina får fortsätta att städa och tvätta en del kläder.

Att vakna i ett hem med eget hembiträde har jag aldrig gjort förut. Ändå är det ingen lyxig lägenhet, tre rum fem trappor upp i ett hyreshus. Känslan är att det bor äldre människor där, som det känts hos farfar ungefär fast tyngre möblerat, mer rustikt och mörkt. Christina är kort till växten och har en blå klänning på sig, en sådan som min mamma hade kallat städrock och hennes bruna ansikte är djupt fårat men ögonen är snälla och leendet jag får när jag visar mig känns äkta. Jag säger god morgon på zulu, som jag lärt mig och eftersom jag tänker göra frukost frågar jag givetvis Christina om hon också vill ha en kopp te. Hon nickar och tackar.

När tekokaren piper tar jag fram två koppar ur skåpet, lägger i tepåsar och häller på vatten. Jag kan inte låta bli att ta ett par bitar biltong, det torkade köttet, som finns i skafferiet och som redan blivit min sydafrikanska favorit. Så breder jag två mackor, tar fram sockerskålen, finner Christina i mitt rum där hon håller på att bädda min säng, vilket ju förstås känns skamligt att hon gamla kvinnan står och gör. Jag säger att hennes te är färdigt och hon kommer ut i köket och jag märker på en gång hur nervös hon blir. Hon ser de två kopparna som står och ryker bredvid varandra, men så finner hon sig. Skrattar lätt, böjer sig ner till skåpet under diskbänken och tar fram sin bläckmugg som hon häller över teet i. Diskar sedan koppen, torkar av och ställer tillbaka i skåpet. Baas kopp.

Bi berättar på kvällen att jag nog har skrämt Christina. Att hon aldrig aldrig någonsin skulle kunna tänka sig att dricka ur Baas kopp. Att hon dricker sitt te sittandes på golvet i köket.

Nästa morgon har Bi redan börjat på sitt nya jobb, hon är sån. Den här gången finns inte Christina i lägenheten, men däremot står det en afrikansk man i blå overall på balkongen och putsar lägenhetens fönster. Jag går ut och hälsar. Han svarar artigt och fortsätter att putsa.

Jag har ännu inte förstått konceptet med servade lägenheter, men om det är en annan människa i samma lägenhet och man kokar en kopp te åt sig själv så gör man väl en kopp till den andra personen också. Jag antar att mannen kommer från någon fönsterputsarfirma och att han väl knappast har sin egen bläckmugg som Christina. Med en kopp i varsin hand går jag ut till mannen på balkongen och visar att jag har en kopp till honom också. Han tar osäkert emot koppen och tänker fortsätta att arbeta. Jag säger att han kan väl ta en paus och visar att han kan komma in och prata lite. Han sätter sig i fåtöljen i vardagsrummet. Jag berättar att jag heter Hasse och kommer från Sverige. Han förstår nog inte riktigt och konversationen på knackig engelska går inte jättesmidigt. Jag förstår inte hans pinsamma och svårbemästrade situation över huvud taget. Jag bara går på, vi ler ovant mot varandra och jag plockar upp en cigarett och bjuder honom.
Då kommer Christina in genom ytterdörren.

Hon tar ett kliv in. Ser det hon ser. Blir så överraskad att hon helt enkelt släpper tvätten hon har i famnen. Ögonen stora som tefat nu. Möter mannen med den blå overallens blick.

Så börjar hon skratta. Och han börjar också skratta och hennes skratt är nästan hysteriskt. I hennes Baas soffa sitter en svart man, dricker te ur Baas kopp och röker en cigarett!

Otänkbart det hon ser. Hon som aldrig, under de femton åren hon arbetat i familjen, suttit varken på stolarna i köket eller än mindre i soffan i vardagsrummet.

Hon kommer in i vardagsrummet och han reser sig och deras nervösa skratt lägger sig. Dom säger något på zulu och Christina som är tydligt chockad, klappar honom på armen och de skrattar igen.

Jag ser på med en blandning av förvåning och en del oro. Förstår inte. Christina skakar på huvudet. Så tackar mannen för teet och går ut på balkongen. Christina diskar noga, torkar koppen och ställer tillbaka.

Jag får den eftermiddagen en ny lektion i apartheid av Bi. Mannen i overallen ingår i hyran. Hyreshuset är servat och det betyder att fönsterputsning, hämtande av sopor som man bara lägger utanför lägenhetsdörren och vaktning av huset, allt ingår. De människor som jobbar i huset bor i ett litet hus som ser ut som ett cementblock och som ligger i direkt anknytning till hyreshuset. Där bor de tjugo män som arbetar som tillhör servicepersonalen huset. Eftersom det inte får vistas några färgade människor i stadens vita centrum efter klockan sex på kvällen får de som bor i cementblocket endast vistas där och inte ute på stan. Sådan är lagen.

Jag är i apartheid.

Nyårsafton

Det är nyårsafton. Det är en stor fest i en av de stora villorna uppe vid Durban North. Vi har varit på en del liknande fester. Det känns alltid daterat. Där finns surfarkillarna i vita sladdriga linnen, som snackar mest och dricker mest öl. Sen är det semisurfarna, med färre muskler, som har t-shirts med tryck och sedan är det de andra, de med krage på t-shirten och allmänt försiktigare. Tjejerna som är sminkade och har pudelfrisyrer blir onyktra på vin och hörs mer och mer. Några närmar sig sakta den stora swimmingpoolen och snart står de alldeles bredvid och då kommer förstås någon villig kille som knuffas lite och tjejerna skriker, släng inte i mig, släng inte i mig, innan de puttas i och får anledning att ta av sin klänning och allt blir så oerhört tramsigt. De är ju typ 25. Vi brukar tröttna rätt tidigt.

Vi kommer vid nio så att vi ska orka vara kvar över tolvslaget. Det är många av Bis gamla vänner där. Giles ska komma med sina. Partytjejer. Huset är verkligen perfekt för fest. Engelsk kolonialstil från i början av förra seklet. Kolloner vid framdörren och flera altaner. Det finns två barer med öl och vin. Man spelar "Red red wine", som folk dansar till på andra våningen. I den stora trädgården är det upplyst med små lyktor här och där och några badar i poolen. Ännu med baddräkt. Lite längre bort i trädgården ligger ett litet hus till. Stort som en Friggebod ungefär. Ett skjul. Det är mindre upplyst där. Det är där hembiträdet bor. När musiken tystnar hör vi ett barn gråta bortifrån skjulet innan Men at Works "Down Under" lägger sig över barnskriket. Sen hör vi barnet igen och förstår vad som händer. Barnets mamma är inne i det stora huset, i ett av rummen längst bort, och tar hand om den vita värdfamiljens två små barn. Så att de kan somna trots festen. Då måste hembiträdet lämna sin egen treåring. I skjulet. Hon får inte ta med sig sitt barn in till de vita barnen utan måste lämna sin treåriga dotter ensam på nyårsafton. Så görs sig apartheid påmint igen. Så är det hela tiden. Jag påpekar för några vad som händer och undrar varför de gör så, ingen tycker det är särskilt anmärkningsvärt. Möjligen kan någon uttrycka att det är lite jobbigt att ungen skriker hela tiden. Eller också ser de på mig som om jag var dum. Bi och jag vill inte vara kvar. Alla nyårsfestarna tycker att vi är tråkiga. Men nyårsaftonsfirandet känns inte längre viktigt. Vi kan inte vara där.

Hudfärgen är allt

Apartheid ligger som en fond runt allting. På stranden, den fina, inne i stan, får bara vita bada. I parken mitt i stan finns bänkarna märkta med "Whites only". De vita säger att indierna fångar duvor och gör curry på. "Ät inte currys hemma hos indier". "De svarta stjäl om de kan. Man måste akta sig". I utkanten av staden där den stora marknaden finns ligger busstationen varifrån man bussar hem de svarta, de färgade och indierna till sina respektive områden. Under december är det sommarledigt och alla boer från Pretoria och Johannesburg kommer till Durban vid Indiska oceanen. Under dagen fram till klockan sex, då alla affärer stänger, är det ett myller av alla folkslag. Efter klockan sex är innerstan bara för de vita. Det blir tyst förutom vid barerna vid beachen där de färgade, som får vara kvar för att upprätthålla servicen, serverar de vita.

Det som är svårast för mig är samtalen. Alla ställer förstås frågan hur jag trivs i Sydafrika. Det gör jag inte. Men säger jag det är det oartigt och då kommer frågan varför? Då blir det rasdiskussioner. Om jag säger att det är spännande kommer frågan hur och då blir det rasdiskussioner. Det blir alltid rasdiskussioner. En del är genast försvarinriktade, vet att Sydafrika bojkottas av FN, en del vet till och med av Sverige speciellt stöder ANC i kampen mot rasdiskrimineringen. De säger att de svarta är dumma och odugliga. De vet. Jag vet inte eftersom jag inte bor där, säger de. Andra säger "jag är inte rasist, men....". Alla har hembiträden som sköter disk, städ och tvätt. Några få, som är de nya vänner Bi och Giles skaffar sig i Durban när de kommer hem, hatar systemet.

Bi träffar en indisk man på sitt jobb. Han hjälper Bi att köra hem matvaror en dag. Bi och jag har skaffat en lägenhet, en etta med kokvrå, nära beachen. Bi bjuder in mannen på en kopp te som tack för hjälpen. Han är väldigt trevlig. En dag senare har vi ett informationsbrev i brevlådan att det inte är tillåtet för färgade att vistas hyreshuset. Om inte detta respekteras kan det leda till vräkning.

Efter ett tag börjar jag säga att jag gillar solen, havet och maten. Sydafrika är i grunden fantastiskt vackert. Men man ser det knappt. Det är så mycket annat. Murarna runt husen i de välbärgades villaområden, med det krossade glaset högst upp. Den ständiga rädslan, som gör att alla har pistoler med sig i bilen. Allt det självklart nedlåtande. Så mycket man inte kan göra, som är för farligt. Det dummaste de hört är när Giles och jag berättar att vi liftat från Durban till Johannesburg och tillbaka. Jag börjar längta hem.

Cold fact

Det finns en sak som går emot allting. Rodriguez. Överallt spelas albumet "Cold fact". Alla gillar det. Partytjejerna, Bi, Surfkillarna. Alla. Han sjunger om jämlikhet och moraliskt hyckleri. Rodriguez säljer fler skivor än Rolling Stones. Alla tror han är lika stor i resten av världen. På grund av bojkotten är ungdomarna i Sydafrika väldigt avskärmade även kulturellt. Några väntar på nästa skiva. Några påstår att han är död. Han är amerikan tror de. Han är värsta idolen. Större än Dylan. Det märkliga är att det bara är i Sydafrika han är känd. Han vet faktiskt inte själv att han gjort succé i landet. Se filmen!
Vi brukar i slutet av min vistelse i Sydafrika lyssna till "Thanks for your time, and you can thank me for mine" och vemodigt undra om vi kommer att ses igen. Rodriguez skiva är den enda jag köper i Sydafrika.

Pinsamt

Så är det här med kontaktlinserna. Jag är ute i havet och bodysurfar. Jag blir bättre och bättre. Jag fångar de ganska höga vågorna som slår in mot stranden. Glider med, trettio fyrtio meter som mest och slungas in på sanden. Och sen ut igen för att kanske få en ännu bättre våg att surfa i. Jag har jätteroligt och märker inte hur sidströmmen för mig allt längre bort från platsen jag la min handduk.

Det är dagen efter att jag fått en våg, rätt i ögat, som dragit med sig min ena lins ur ögat men jag kände att det blev fel, fick tag på linsen som fastnat i ögonfransen och gick med den i knytnäven med stora vågor bakom som elakt försökte få mig att tappa linsen, men jag höll ut och räddade den.

Men nu är det dagen efter och jag har inte tordats ha linserna på och när jag börjar bli riktigt trött därute med vågorna, så går jag upp på stranden. Jag ser suddiga rader av människor, det är värsta turistsäsongen. Var min handduk ligger, där även nycklarna ligger och mina glasögon, har jag ingen aning om. Jag verkar ha förts med av sidoströmmen ett par hundra meter. Jag tar mig så nära den första raden av människor jag kan och sedan går jag som en gloapa längs stranden och letar efter min handduk. Ser bara konturer av människor och tänker på att de säkert undrar hur någon kan gå omkring och stirra på de halvnakna solande så öppet och fräckt. Tankarna om deras reaktioner har jag kanske bara i min egna pinsamma föreställningsvärld. Det räcker. Snart kommer någon och vill slåss.

Inga bromsar

Bi och jag vet inte riktigt hur vi ska göra. Med oss. Tiden närmar sig sakta innan mitt visum går ut. Jag trivs inte med Sydafrika. Bi är också tveksam. Det känns inte helt lätt att vara i ett land och att mötas med tankar som så tydligt är föråldrade. Att människor tänker så. Och det är inte bara rasismen, det är om könsroller, om jämställdhet, om religionen. Som att det helst ska vara som det är, för allt annat är farligt. Och så finns idén om att resten av världen är dumma och vill de vita sydafrikanerna illa, att utlänningarna inte förstår. Så går tankarna. De flesta är inte äkta rasister som medvetet gjort ett val. Det flesta är rasister av födelse. De finns runt omkring hela tiden.

Under tiden vi bor där har vi utvecklat några kontakter med lite friare människor som delar vår syn på apartheid och allt det för med sig. Vi har lärt känna några svarta personer och en indisk familj. Vi blir bjudna på middag hos den indiska familjen en dag, men de får inte komma till oss. Sådant är inte tillåtet. Att ens tänka på att åka för att hälsa på i det svarta området, är helt uteslutet. Det är helt enkelt för osäkert. Så tänker alla. Samtidigt är våldet och rädslan för ANC stor. En kväll åker vi förbi ett av den sydafrikanska arméns högkvarter då en bomb detonerar. Det känns först farligt, sen spännande för att sedan mynna ut i en allmän otrygghetskänsla som inte är själsligen upphöjande. Till det kommer alla kommentarer att man tydligare måste ta itu med våldsverkarna. Samtidigt tycker vi att det är de som kallas terrorister som har rätt. Då får man frågan om man tycker våld är rätt sätt. Samtidigt bygger systemet på våld, men det vill ingen se. Än mindre diskutera.

Bi har allt där, mamma och pappa, vänner och jobb. Vill läsa på universitetet. Jag har inget jobb. Alla okvalificerade arbeten, sådant som jag jobbat med i andra länder, diskare, druvplockare eller servicekille på bensinmack. Allt sådana arbeten sköts av de svarta invånarna. För jävligt låga löner.

Bi köper en folkvagn. Jag ska transportera den bara några kilometer genom stan. Vi har ingen försäkring på bilen, jag har ingen reseförsäkring längre, bilen har dåliga bromsar, nästan inga alls, den är högerstyrd och jag missar väl rödljuset, det är väl bara att erkänna. I en korsning mitt i stan kör jag sakta, tycker jag, men det räcker ju inte när jag kör mot rött. Smällen är kraftig och jag som inte haft bilbälte för att det är trasigt, åker in med huvet i vindrutan och sedan kommer jag ihåg att jag sitter på trottoaren innan ambulansen kommer och hämtar mig till det allmänna sjukhuset, där jag plåstras om. Sen blir jag hämtad av en både orolig, förbannad och sur Bi.

Jag har ont i ett knä i en vecka och kan inte gå. Svullnaden vid ögat går ned men halva ansiktet färgas grön-grå-blå-lila. Efter en vecka haltar jag till polisen som jag blivit ombedd, för att vittna och beskriva vad som skett vid olyckan. Det är när polisen läser min rapport som han börjar skratta och sen, när jag ser frågande ut, undrar han om jag verkligen ska ha min rapport sådär. Jag har skrivit som jag ju tills då trodde. Att jag blivit påkörd i en korsning av någon som måste ha kört mot rött. Då upplyser polismannen mig om att det varit en seriekrock med fem inblandade bilar, plus en motorcykel, som alla har kört mot grönt då en liten folkvagn kör rakt ut. Ingen annan har blivit skadad, men det har deras fordon.

Bi som ju arbetar vid en advokatfirma får rådet att hennes svenske vän, utan ens reseförsäkring nog ska boka sig en plats på planet hem. Ganska skyndsamt. Jag skulle utan tvekan ses som ansvarig och därmed vara betalningsskyldig och då skulle det bli problem för dem jag orsakat bilskador för. Det är bättre om det inte finns någon skyldig att processa med. Då kommer försäkringsbolagen att betala ut för deras skador. För mig är det inget att fundera över. Jag har inga pengar. Så helt plötsligt ska jag lämna Bi, efter nära två år i intensiv närhet. Ska vi aldrig mer ses nu. Det är nästan två världsdelar emellan.

Knarkaren

När jag kommer tillbaka till Sverige efter att ha rest i världen i flera år är det försommar. Jag saknar arbete, bostad och pengar, men jag ser inte ens problemet utan tänker bara att det får fixa sig och det gör det ju också. Men... inte så enkelt som jag tror. I alla fall inte det här med arbete.

Dagen efter jag kommit hem igen och varit med mamma en kväll tar jag tåget till Stockholm och åker upp till akuten på Södersjukhuset. Flera av de jag arbetat tillsammans med för några år sedan blir glada över att se mig och jag hör mig för om de tror att det eventuellt kan finnas något vikariat till sommaren. De tror säkert att det ska ordna sig, men jag är ju tvungen att tala med Syster Elin som fortfarande är avdelningsföreståndare för akuten. Jag tänker att hon och jag är lite bundisar. Jag hade ju ändå gjort ett bra jobb när jag jobbade där trots små incidenter som hon varit lite tveksam till.

Jag träffar Elin och hon säger att jag ser pigg ut, att det är roligt att se mig. Hon sneglar misstänkt på den gamla jackan som jag hittat i mammas källare och som är fem år gammal och lite trasig, men som jag tyckt får duga eftersom jag varken har pengar eller lust att köpa en vinterjacka nu när det är sommar snart. Hon tycker kanske jag ser lite annorlunda ut även i övrigt. Ring i örat och håret i hästsvans. Men det säger hon inget om. Men hon säger att det är fulltecknat inför sommaren redan och att det tyvärr inte finns något jobb där för mig. Om det dyker upp något ska hon ringa.

Jag antar att det är sant. Jag har ingen som helst koll på arbetsmarknaden och ingen ordentlig officiell utbildning som jag kan stolta med heller. Jag får väl söka på en mindre statusfylld avdelning på Södersjukhuset än akuten. Det är inte hela världen. Jag tänker dessutom bara arbeta över sommaren och sedan börja på universitetet och läsa litteraturvetenskap.

Jag går till personalavdelningen och eftersom jag bara är på besök i Stockholm tar sig en kvinna på personalavdelningen tid till mig och vi har en trevlig pratstund och visst, hon tror nog att det ska ordna sig. Kanske skulle jag kunna börja arbeta redan nästa vecka. Jag letar reda på en bostadsförmedlare för andrahandslägenheter och ringer upp.

Det går fortare med lägenhet än arbete. Två dagar senare ringer bostadsförmedlaren och har två tänkbara lägenheter som jag kan ringa till. Jag slår numret till den första som är en lägenhet på Bäckvägen vid Telefonplan. Numret är till Mariapolikliniken på Södermalm som hjälper människor med alkoholproblem och eftersom jag antar att personen som har lägenheten arbetar där, tycker jag att det verkar lovande för under min tid på tillnyktringsenheten på SöS-akuten lärde jag känna några som arbetade på Mariapol. Någon svarar och jag säger att jag söker Juha och varför jag ringer. Jag får vänta en stund.

Det visar sig att Juha är en patient som vill hyra ut sin lägenhet. Han berättar i telefon att han ska åka till Portugal och arbeta och vad han gör på Mariapol går vi inte så mycket in på. Han säger att han har en till som ska kolla på tvårummaren men om jag vill och kan, får jag gärna åka och titta på lägenheten på en gång. Jag hämtar nycklarna av en ofräsch man i sladdrig vit oknäppt patientskjorta som säger att det nog har varit en städfirma i lägenheten. På vägen till Bäckvägen ringer jag till Classe, som fortfarande jobbar på tillnyktringsenheten på Södersjukhuset och hör efter om han känner igen någon alkis som brukar vara på TNE som heter Juha, men Classe känner inte igen namnet.

Jag låser upp, stiger in, möts av två stora sopsäckar precis innanför dörren och en fruktansvärd lukt. Går in i sovrummet. Fullt med pocketböcker och gamla tidningar på golvet. In i vardagsrummet. Spyfläck, men inga synliga spyor, på tapeten. Trädgårdsmöbler i furu, en ihoprullad plastmatta i ena hörnet. Tre torra pelargoner i fönstret. Två speglar utan ram fastsatta direkt på väggen. En trasig röd pinnstol med en telefon på. I köket relativt rent. Brunt runt bord med vaxduk och fyra bruna pinnstolar. Diskat. Jag öppnar kylskåpsdörren och håller på att ramla bakåt. Stanken kommer från något som ser ut som svarta kräftor längs ned i kylskåpet. Jag stänger så snabbt jag kan.

Jag ringer Juha på Mariapol. Han lovar att städfirman ska komma. Jag tackar ja och vi skriver kontrakt för ett år.

En vecka senare flyttar jag in. Städfirman har varit där och gjort ett utmärkt jobb. Jag slänger ned alla Juhas grejer i källaren och sätter ena högtalaren framför fläcken på tapeten. I kylskåpet förnimms en svag känsla av äckel, men vänner som kommer kan inget känna, säger de. Jag har lägenhet, men fortfarande inget jobb, för Södersjukhuset har hört av sig och berättat att det tyvärr redan är ordnat med alla luckor till sommaren.

Jag går till Sabbatsbergs sjukhus och söker jobb. Lämnar Elin som referens och säger att eftersom det var mest över sommaren så kan jag även tänka mig åldringsvård som också finns på Sabbatsberg. Det går en vecka, sen ringer jag själv. Nej tyvärr. Inget lämpligt arbete finns och jag blir förvånad för jag har hört att det är lätt att få jobb inom vården och att nästan vem som helst kan få anställning inom långvården. Något är galet.

Jag talar med Classe och han lägger fram en teori. Tänk om det är ryktet om det där brevet han aldrig fick se. Kommer jag ihåg att jag skrivit från Israel till personalen på akuten? Det gör jag förstås. Jag kommer ihåg att jag var ganska nöjd med texten och tyckte att det var roligt. Jag hade i brevet gjort om hela kibbutzmiljön till sjukhusmiljö. Att vi blev väcka klockan halv sju på morgnarna, fått gå till våra terapiarbeten på förmiddagarna, fått mat av tanter i vita rockar och fått vår medicin i det vi kallade puben på kvällarna. Classe kom ihåg svagt, det var ju över två år sedan nu, hur någon hade kommit fram till honom och undrar om Hasse hade börjat knarka och var på hem i Israel. Classe hade bara skrattat. Men nu kom minnet tillbaka. Visst hade det ryktet gått. Och ett vagt minne av att någon sagt att det funnits ett brev från Hasse som syster Elin hade slängt.

Jag söker arbete på långvården på Rosenlunds sjukhus och blir kallad på intervju. Jag berättar mina misstankar om att jag kanske får konstiga referenser och om så är fallet måste jag få reda på det.

Fyra dagar senare blir jag kallad på ännu ett möte med kvinnan som kan tänka sig att anställa mig, men hon gör klart att jag ska få en provanställning. Avdelningsföreståndaren och sjuksköterskorna ska veta vem det var som kommer och att det kan vara en knarkare. Jävla Elin.

Jag börjar på Rosenlund. Jag har farhågor att när jag kom in i personalrummet ska alla samtal avta och alla ska ta fram en tidning att läsa. Att alla skulle veta att det nu kommer en knarkare som varit på anstalt. Men inget händer. Det går bra. Jag trivs ganska bra där och personal och patienter trivs med mig. Framåt augusti har jag en kräftskiva hemma hos mig i Juhas lägenhet. Då berättar jag historien för några ur personalen. Jaha, säger de. Var det du? Vi trodde aldrig att han började hos oss, han knarkaren.

Bäst med båt på

Jag har inte känt Micke så länge då jag följer med Micke till hans farsa, glasmästaren som har en egen affär i Solberga, lite Söder om Stockholm. I affären bjuds vi in till den bakre delen där det finns ett litet rum med två soffor, ett hörnskåp, ett bord med en överfull askkopp och tre män som sitter där och ser rätt rufsiga ut. Min första tanke är de är alkisar och jag undrar vad de gör där. Men de visar sig vara gamla kompisar till Gubben, som de kallar Mickes farsa. Vi hälsar och de kommenterar alla att det är länge sedan de såg Micke och han nu blivit en riktig man. Vi skrattar.

Sen kommer Pajen. Jag har hört några historier om Pajen som en av de farliga i Bredäng. Den som slogs mest, den som söp mest, den som hade det värsta byxhänget med halva stjärtskåran alltid synlig. Tjock numera. Men inte den man bråkar med och en kille ingen riktigt kan känna sig säker med.

- Tjänare gubbe. Har du nåt att dricka? Men inte sån där hembränd skit du hade förra gången. Det var ju en blåsning. Har du någon riktig sprit? Med båt på.

Mickes farsa säger att han inte någon flaska, men Pajen öppnar skåpet själv och hittar en kvarting renat som han visar upp.

- Jaha, fanns det en liten där, säger Mickes farsa uppgivet.
- Får man ta en sup, säger Pajen samtidigt som han sätter sig i soffan med ett stön och skruvar av korken.
- Ta du en sup du, men inte allt.
- Är du rädd jag ska svepa den, garvar Pajen. Tror ni jag kan svepa en kvarting?

Ingen tvivlar och under några sekunder vet ingen om han tänker tömma flaskan. Man vet inte med Pajen. Men han tar bara en klunk och till allas glädje skickas flaskan runt och alla dricker varsin klunk och alla gör samma gest och torkar av munnen efteråt med baksidan av handen. Det är gott och det gjorde susen. Det är alla överens om. Samtalet handlar om sprit och om att svepa en kvarting och det blir diskussion om vilket som var bäst, att svepa en flaska Rosita på morgonen eller att dricka en flaska Explorer vanligt. Jag antar att dricka en flaska Explorer vanligt innebär att halsa den i mindre klunkar.

Diskussionen blir kort. De är tämligen överens om att svepa Rositan är bäst. På morgonen. Sen kommer flaskan tillbaka till Pajen. Han öppnar truten och sen är den flaskan tom. Tråkigt tycker gubbarna i soffan.

Dricks

Jag jobbar på Rosenlunds sjukhus och bor i en tvåa på Bäckvägen vid Telefonplan. Återupptar delar av det Stockholmsliv jag hade haft innan jag reste ifrån Sverige. Skriver långa brev till Bi och får lika långa tillbaka där vi längtar. Apartheid tär på Bi. Hon vill bort. Skriver hur mycket hon älskade Sverige. En liten detalj har fastnat hos henne, som ett bevis för hur vi i Sverige tänker på alla. En bild av trygghet och solidaritet. Hon hade i en Konsumaffär sett att det hängde ett förstoringsglas i en lång kedja vid grönsaksdisken. För de gamla att kolla grönsakerna och frukten med. Hon skriver att hon brukar berätta om det där hemma. Jag beskriver de långa sommarnätterna och önskar att hon är här.

Sommaren går och jag har kommit in på litteraturvetenskapen vid Stockholms universitet. Tillbringar en del tid hos mamma i Åkers styckebruk. Vi åker till Småland tillsammans och mamma är omåttligt stolt över att hennes son ska börja vid universitetet. Hon tänker väl att studierna där ska leda till något fint av något slag. Och att det håller på att bli fason av hennes son också. Classe berättar att han ska bli pappa och Tommy har tagit första steget mot att bli läkare genom att gå om gymnasiet, vårdlinjen. Jag hade fått ett brev av Tommy när jag var i Sydafrika att han kommit in på Informationslinjen på universitetet i Göteborg, att han fixat lägenhet och allt, men att han kvällen innan hade druckit ett massa öl och därför kommit för sent till första lektionerna och där och då bestämt att han inte alls skulle gå där. Han skulle bli läkare. Läsa in gymnasiet med bättre betyg, komplettera med kemi, matte, biologi och fysik, ta sig in på läkarlinjen, träffa en sjuksköterska, gifta sig och bilda familj.

Men nu är det slutet av sommaren och ner i brevlådan dimper en ny vändning i livet. Bi har jobbat extra och serverat på en restaurang, den finaste i Durban och en gäst har fattat tycke, gillat serveringen och gett henne 24 000 kronor i dricks.
Ska jag komma till Sverige? skriver hon undrande.

Sen är hon på väg. Ska bo här. Vi är ihop igen. Hon söker och får sex månaders uppehållstillstånd och mitten av september anländer en stor låda med saker som Bi skickat. Hennes liv. Det hon vill ha med sig från Afrika. Lådan är stor som ett badkar och placeras i ett hörn i köket.

Vad tar man med sig då man är 23 och ska bosätta sig i ett annat land?

Hösten upptas för min del av att ligga i sängen, äta ostbågar, ha studielån och läsa världshistoriens bästa böcker. Så mycket bättre kan man väl inte ha det. Ser dagligen lådan, undrar vad som finns i, påminns om att Bi snart ska komma. I början av november. Jag trivs och ser framtiden an. Det enda som stör är hur det i skolan alltid finns en tolkning som tycks vara den rätta när vi läser poesi. Egna tankar kan dissas hårt på lektionerna. Det förstör lusten för den typen av litteratur ändå tills jag flera år senare träffar Jocke som säger "Skit i att förstå allt. Tycker du om några meningar, några uttryck, något som du gillar så ta till dig det". Det hade varit trevligt om de hade öppnat upp för sådant eget tänkande där på universitetet. Men inte i mitten av åttiotalet.

Kompisar hälsar på, ser lådan och samtal efter samtal handlar om innehållet. Alla undrar över kvinnan från Sydafrika som snart ska komma. Där i lådan ligger en del av det som skulle kunna ge en bild av henne. Kan vi inte öppna och kolla lite? Vad har hon skickat? Vad är det som viktigt i hennes liv? Vem är hon?
Jag köper en katt. Cathrine som jag gått på gymnasiet tillsammans med har en syster om hette Annelie och hennes katt har fått ungar. Jag döper katten till Ella som för oss betydde Kom och Skynda och Titta och allt möjligt under de två somrarna Bi och jag varit i Grekland. Uttrycket hade blivit vårt och Ella är vår tillsammans.

Jag hämtar Bi på Arlanda en regnig kväll i början av november. Förväntansfulla och lite osäkra på hur det ska bli nu. Åker genom ett mörkt Stockholm till Telefonplan där Ericsons stora fabrik, träd utan löv och ett nästan helt folktomt centrum får Bi att känna sig som om hon kommit till en stad som drabbats av kärnvapenkrig. Eftersom det är fest när Bi kommer har det samlats tio-tolv kompisar som väntar på Bi och med spänning väntar på öppningen av lådan.

Två timmar efter ankomsten lyfter vi upp lådan bredvid Bi i soffan och hon skär upp tejpen. Öppnar locket och drar fram ett durkslag i plast. Schampo, balsam och hårfön. En bordslampa med en skärm med stora bruna blommor på. Tre tillknölade hattar. Brödkniv och salladsbestick i svart plast. Gardiner. Tjocka, mörka. "Vi som har det så mörkt på vintern", kommenterar Classe syster överraskat. En flaska whisky. Äntligen. Kläder, pocketböcker hon gillar, två kastruller, favoritkudden, en matta, ett stort paket biltong, tack så mycket, två burkar curry, en poncho och en kofta i blått och vitt som Bis mamma stickat för att det är kallt i Sverige.

Ella sover vid våra fötter den natten.

Änglar i snön

Bi börjar läsa svenska på SFI redan första veckan. Efter två veckor har hon två jobb. Hon städar på Sergel Plaza hotell och kommer hem med en del presenter på kvällarna. Slattar med fin sprit. Dom får inte ta grejer de hittar, men de letar sig hem till oss ändå. Det andra jobbet är städning i hemmet hos någon Dramatenskådis.

Bi använder sin svenska. Hon är inte rädd. Det blir rätt kul. Jag ska gå och diska mig. Du är mitt lever. Eller när hon går till doktorn och säger att jag tror jag har mushrooms i fittan.

Vårt förhållande utvecklas däremot inte så bra. Vi har egentligen hela tiden haft ett skumt förhållande. Vi börjar kalla varandra bror och syster rätt tidigt. Först blir vi ihop. Sen är vi det inte. Sen bor vi i samma rum i London och bor liksom bara i samma säng. Ibland har vi sex i perioder och det är mer intimt. Men när Bi kommer till Sverige delar vi säng en vecka och sedan är vi vänner, syskon som älskar varandra. För livet. Vi bor ihop men är inte ihop. Det blir ju lite konstigt sedan, för mina flickvänner och Bi´s killar, men det är en annan historia.

Tre veckor efter att Bi kommit i mörkaste regnigaste november ever, kommer den första snön. Vi har förstås berättat för Bi hur det blir när snön kommer. Att vi kanske blir insnöade och måste vara väl utrustade med mat om det skulle falla flera meter snö på bara någon dag. Hon har också hört att när den första snön faller så gör svenskarna snöänglar, lägger sig ner i snön och viftar med armar och ben. Det är tradition. Alla gör änglar i snön. Kungen, Palme. Det är på Nyheterna. Bi är skeptisk, men frågar Classes mamma om hon också gör änglar i snön och hon svarar javisst.

När jag kommer hem, trött och blöt om fötterna för det har snöat blask hela dagen, vill jag bara krypa upp i soffan och värma mig. Men Bi står förväntansfull, redan fullt påklädd, i hallen och är supertaggad och ska ut bakom huset och göra änglar i snön. Sen ska vi dricka varm choklad som hon också hört tillhör traditionen.

Då blir det så i stället. Bi tvingar ut mig. Snön som lagt sig är väldigt blöt. Vi gör våra änglar i snömodden. Bi har en helt annan upplevelse än vad jag har. Hon tycker att det är riktig snö. Hon tycker inte att jag är riktigt svensk. Sen dricker vi choklad, Bi kryper nära tv:n och sätter på Rapport. Hon vill se kungen och Palme göra snöänglar och när inte det kommer känner hon sig lurad av alla.

Men vintern kommer och Bi åker skridskor i Kungsträdgården nästan varje dag. Hon köper en snöglidare, en stjärtlapp som hon har med sig till jobb och skola och åker i alla backar hon ser. Då vi väntar på bussen vid Bäckvägen och det är ett dike där, så åker hon. De flesta vuxna tycker väl det ser konstigt ut med en vuxen som åker stjärtlapp i världens minsta backe.

Hon skaffar egna vänner. Classe syrra Helen är den första. Hon lär sig språket snabbt och att komma in på universitet året efter är hennes mål.

Vi går till polisen på förhör en gång i halvåret och vi får frågor om varandra så det inte är något fuffens med immigrationen. Det är det inte. Vi vill båda leva tillsammans, kanske inte riktigt som man och fru, men ärligt och på ett modernare vis. Människor som älskar varandra ska väl ha rätt att leva tillsammans. Förhöret går bra och vi firar enkelt med en skål.

När våren slutligen kommer har Bi tröttnat ordentligt på vintern. Nu längtar hon till midsommarafton, att plocka blommor, binda kransar och dansa koackakack.

En fyra

Det är egentligen helt omöjligt. När det är ett par månader kvar på vårt andrahandsboende hos den alkoholiserade finnen som aldrig kom till Portugal, är det snart dags att flytta ut. Jag hade för ett år sedan fått nycklarna på Mariapol där han låginlagd. Han hade varit på väg till Portugal för att jobba med datorer, som man sa då. men under året som gått hade vi kunnat följa hans turné i Norden, med hjälp av de inbetalningskort som kom från olika sjukhus. Från tillnyktringsenheter i Köpenhamn, Åbo, Helsingfors, Stockholm och Göteborg. Nu ska vi flytta.

Och det är helt omöjligt. Egentligen. Vi vet ju det. Vi har inga förhoppningar alls, men går i alla fall in på Bostadsförmedlingen. Jag, Bi och Classe. Fyller i blanketter, söker en stor lägenhet tillsammans och lämnar in ansökan, beredda på att höra att kötiden ligger på tio år typ. Bostadsförmedlarkvinnan tar emot vår ansökan och knappar in oss på väntelistan.

- Ni har kryssat för rutan om kollektivhus. Ni ligger fyra i kön för en nybyggd fyra i Fruängen. Det är inflyttning om två månader.

Det var möjligt. Inom ett par veckor har tre stycken tackat nej och vi har skrivit på ett förstahandskontrakt och ska flytta till vårt eget. Vi vet inte så mycket om Fruängen, mer än att Långbro ligger där. Classe har jobbat där, på mentalsjukhuset. Fruängen ligger längst ut på röda linjen och är ett ganska vanligt förortsområde där arbetare och tjänstemän bor. Det finns en restaurang, som säljer pizza naturligtvis, det finns ett Sabis, en kemtvätt, en fiskaffär, en korvkiosk, en pizzeria till och lite längre ner i backen, mot våra gulröda kollektivhus finns 7-eleven.

Tre veckor efter att det varit inflyttning i vårt kollektivhus i Fruängen har vi vårt första möte i gemensamhetslokalen, som är en nittio kvadratmeters lägenhet med bastu. Vi diskuterar hur lokalen ska användas, vilken utrustning vi ska inhandla och om några grundläggande regler. Dessutom talar vi om vår utemiljö och ganska snart kommer någon med idén att vi kan plantera vinbärsbuskar utanför huset i stället för Stockholmshems standardbuskar. Förslaget får en del bifall och flera tycker att det kan vara både fint och visst kan vinbärsgelé vara gott om någon är sugen på att göra det. Då räcker en kvinna upp handen.

- Men om vi plantera vinbärsbuskar kommer ju någon bara att plocka vinbären innan de är mogna.

Varpå det uppstår en kort stunds häpnad i församlingen innan någon säger "Varför skulle de det" och samtalet fortsätter i positiva ordalag. Då reser sig kvinnan återigen upp.

- Men om ingen plockar bären, så kommer de ju att ramla ner på asfalten och vem ska då skura den?

Kollektiv gemenskap

Det är ett kollektivhus vi bor i, så vi lär känna våra grannar ganska fort. Bredvid oss bor Lasse, som är från Flen och arbetar på hyresgästföreningen som medlemsvärvare. Sanna som är fem år är Lasses dotter och hon kommer också att bidra till trivseln så småningom. Bredvid Lasse bor Mia, ensamstående mamma till stöddig liten fyraåring. I nästa hörn finns Roffe tillsammans med sin dotter, Lise. När Roffe vill besöka oss får han sätta på sig en overall för Lise är allergisk och vi har ju Ella. Allas katt. Över oss bor Tystbergers som är den mest förstående och tillåtande familj som finns i världen, som funnits i världen någonsin. Jag ber om förlåtelse nu och tackar för den tiden. Mitt emot henne bor Lises mamma som jobbar på Sveriges Radio och är snyggast i huset. Tillsammans med sin nye kille.

Gösta har sina båda döttrar på halvtid. Han är den förste grannen att ringa på och det visar sig att han snokar vilka nya hans grannar är. Samtidigt så marknadsför han sig själv som kandidat till kollektivets ordförande. Han tycker inte han får något riktigt grepp om oss. Det är alltid fullt med folk som hälsar på och vilka som bor där egentligen får han ingen riktig kläm på.

Gösta blir ordförande och med tiden tycker han att vi inte är så farliga även om han inte tycker att hans döttrar ska hålla till hos oss alltför mycket. För det blir så rätt snabbt. Vår dörr står ständigt öppen och barn och vuxna rör sig ut och in. Det är som en fritidsgård.

Vi har kompisar som kommer hem efter att de varit ute och rest. De flyttar in hos oss. Och ut ibland. Tommy, Johan, Lena, Kim, Frank från Piteå, någon kille till Bi som jobbade på Emmaus med Bi bor där och dessutom är Dicke, Helen och Micke ofta där plus många andra och så en dag dyker Kenta upp.

Kenta sitter i köket en morgon när jag vaknar efter en bluesfest. Han är stor, har cowboyhatt över stripigt långt rakt hår, pilotglasögon och en mockajacka med fransar. Han är lastbilschaffis, kör på Norrland och berättar de värsta skrönorna. Han är kriminell Kenta, men han gillar oss och säger att han trivs med att vara med snälla människor. Han kommer med små gåvor. Till Bi mest. Som när han kör fram hela lastbilen ändå fram till porten, lastar av en cykel, bär in den till lägenhet, slår sönder låset och säger Varsågod. Eller när han kommer med en ny bergsprängare och säger att hans kompis har ett helt gäng. Varsågod.

Hammaren som säger pip

Jag har varit på Roskildefestivalen där det som vanligt har regnat och varit misär på områdescampingen, men roligt förstås. Jag har köpt en plasthammare som jag nu terroriserar omgivningen med. Hammaren piper när jag slår någon i huvudet. I andra änden är det en flöjt. Jag har med min hammare överallt och självfallet också då vi är ute på Djurgården och cyklar. På vägen hem cyklar jag förbi en tjej i vit klänning som ensam är på väg hem. Jag slår till. Pip. Och det är Lotta. Som jag känner igen lite grann från sjukhemmet jag ibland jobbar. Jag stannar cykeln. Hon undrar väl egentligen vad som hänt? Vad som sagt pip? Och tycker förmodligen att det är förbannat barnsligt. Men vi blir ihop, har flera fina år tillsammans och Lotta är fortfarande en kär vän. Jag är glad att jag köpte den där plasthammaren på Roskildefestivalen.

Konst

En gång när Gösta kommer och hälsar på sitter jag som vanligt mitt i vardagsrummet mellan högtalarna, med Lou Reed på grannovänlig volym, som ett skydd och skriver. Lotta står framför och målar. Gösta blir stående bakom Lotta och kollar på oljemålningen som föreställer en gammal symaskin på vilken det ringlar en grön orm som blivit genomborrad av synålen. Gösta gillar den inte. Det är mest konstigt. Vad vill Lotta säga? Han förstår inte och Lotta säger att det inte behövs någon förklaring. Men han vill ändå ha hjälp.

- Tänker du något när du ser bilden? undrar Lotta. Tänk om ormen är livet. Eller om ormen är lömskheten som nu blivit fångad av en maskin? Eller du kanske gillar djur och tycker det är djurplågeri? Eller symaskinen kanske är människan som syr kläder av ormskinn och plågar djuren. Bilden är din när du ser den. Tänk vad du vill.

Komma i tid

Roskilde igen. Vi har kommit överens om att Micke ska hämta oss senast tio på förmiddagen och sen är det Danmark som gäller. Classe och jag väntar hemma hos mig. På "Micke-komma-för- sent Lundgren". Vi vet att han inte ska komma till tio. Vi har hoppats på elva, men när han inte kommit till tolv börjar vi ändå att bli lite ilskna. Han passar aldrig någonsin tiden. Det är ju så. Varför kommer han alltid sent? Vi vet inte och när vi frågar så blir svaret som om han faktiskt inte känner igen problemet. Han har haft saker at göra. Han flinar mest även fast han brukar skällas på ofta.

Klockan blir två. Vi ringer igen. Får inget svar. Har han glömt att vi ska åka? Har det hänt honom något? Är det bara det att han har något annat och göra? Varför ringer inte han? Fan, nu kommer det att vara mörkt när vi kommer fram. Var fan är han?

Fyra. Vi har varit och köpt varsin pizza. Ingen svarar. Vi har ringt hans morsa och han syrra. Ingen vet något. Alla har vi blivit en smula oroliga. Är det så att han faktisk glömt? Han bör ha en jävligt bra förklaring! Bi kommer hem och hon skrattar mest och berättar när hon fick vänta i fyra timmar på Micke. I Vaxholm. Ibland har han varit borta i flera dagar. Ingen vet vart han varit.

Fem. Han borde väl för fan kunna ringa. Så jävla svårt kan det väl inte vara. En kul kväll i Danmark är borta. Och det värsta är att vi inte vet. Vad har hänt? Kvart över fem. Micke ringer. Hej, jag är hemma hos dig om en kvart. Var har du varit? Sovit, mekat med bilen och några andra grejer. Men jag kommer nu.
Så lägger han på.

Vi tar med vår packning och går ut utanför porten och väntar. Vi vill åka nu. Har väntat färdigt. Varför hade han inte ringt? En kvart går. Tjugo minuter. Vad fan! Tjugosju minuter efter att han ringt kommer han. Totalt obekymrad och till synes helt omedveten om att vi gnisslar tänder av frustration. Då är han hungrig. Måste bara käka något först.

- Varför ringde du inte?
- Har ni väntat? Sa vi någon tid? Idag sa vi väl bara?

Ska vi till Roskilde så är det bara att gilla läget. Vi ska ju ha roligt.
Vi kan inte vara förbannade så vi säger inte så mycket. Men när Micke
kör in till Hornsgatan för att gå på McDonalds sitter vi kvar i bilen och
väntar. Vi tänker att det väl borde gå lite fortare då. Att Micke skyndar
sig på.

Tjugo minuter sitter Micke inne på McDonalds och käkar. Vad fan. Vi
väntar i bilen. Det är inte så kul det heller efter åtta timmar lämnade i
limbo. Han kunde väl ta en påse med sig. Men icke. När han kommer
ut torkar han sig med en servett om munnen och säger att han tagit en
kaffe också. Han har alltså suttit där inne, käkat en Big Mac-meny och
sedan i stilla mak druckit en kaffe på maten.
Nu ska jag bara ha en cigg och sen kan vi åka till Danmark. Hmmm.
Eller hur.

Spöa den jäveln

Vi bor på nedre botten i kollektivhuset i Fruängen. En dag ringer det på dörren och tre män står utanför och tycker att någon av oss karlar i vår lägenhet ska följa med in till den en av männens lägenhet ett tag. Och få höra något. De tre männen känner jag igen som grannar från hus i kvarteret. De har baseballträn med sig.

Det finns en tjuvtittare, en peeping Tom, i kvarteret, berättar de. Som smyger omkring på kvällar och nätter och kikar in genom fönstren. En sån jävel kan man fan inte lita på, han kan ju börja blotta sig för barnen eller våldta eller vad fan som helst. De sitter runt köksbordet och retar upp sig och tänker att vi måste fånga in honom och skrämma upp honom så han slutar med det där. Redan ikväll, tycker de, att vi fyra ska smyga runt bland kåkarna för att leta tjuvtittare.

Jag har ingen lust. Att det över huvud taget finns en sån farlig man i krokarna finns inget riktigt bevis för. ”Någon har sagt nåt och det är flera som har sett nåt, så nåt måste det va och det måste vi sätta stopp för”. Den typen av resonemang. De tar varsin burköl och jag säger att jag är tveksam. Att det inte känns så farligt, men däremot dumt att gå omkring med baseballträn i grannskapet. Jag säger att det gör väl inte så mycket om någon kikar lite. Kanske man till och med kan rita typ ett nyckelhål på fönstret, ställa ut en stol utanför och sedan om det kommer någon som sitter där och kollar på mig och Lotta, så kan vi kanske kila ut och sälja en påse popcorn. Jag säger att jag tror den metoden kan vara lika bra som slagträn.

Jag tror inte det blev så mycket av med något av det där. De blir först en aning stötta för att jag inte tar dem på största allvar. När jag går efter en stund vet jag inte vad de bestämmer men jag hör aldrig något mer om någon tjuvtittare, om det fanns någon, eller om de gick ut och vaktade eller om de lade ner alltihop. Kanske drack bärs ihop i stället. Jag tror att jag hade fått höra om de hade spöat upp någon stackare. Tänk om någon råkade gå nära och tittat lite för länge mot ett fönster och de tre gubbarna slängt sig fram och börjat skrika och hota och kalla honom jävla äckel och viftat med träna och snubben blivit rädd och börjat springa. Och de hade sprungit efter, tagit flykten som bevis för att de hade haft rätt och fått tag på killen och börjat spöa upp honom. Bara så där. Fast han inte gjort något. Känns ju inte helt otroligt.
Men dumt. Förhoppningsvis blev det inte så mycket av det där.

Det är på ögonen man ser

Det är jobbigt att se en person förändras och brytas ned av sjukdom. Mamma fick cancer. Först i bröstet. Det såg ut att vara under kontroll i några år, men efter några år återkom den med metastaser.
Det låg alltid några slags stora geléklumpar hemma bredvid mammas säng. Det var dem hon stoppade i BH-n för att det skulle se ut som om hon inte var sjuk. Och på ett sätt tyckte hon faktiskt att det var skönt. Hon bad till och med om att få det andra friska bröstet bortopererat också så småningom, för att det var tungt och för att det helt enkelt blev lättare då. Hon var praktiskt lagd. Det var hon.

Även om cancern var det dödliga hotet och som sedan vann kampen, är det när glömskan förändrar henne som är det svårt att se och delta. Troligen bidrar cancern till det men också att hon alltid har det tyst omkring sig. Aldrig en radio på, mycket sällan TV och ingen att ta hand om mer än sig själv. Jag börjar se tecken ganska tidigt, men från 1987 blir det mer ett sjukdomstillstånd, även om hon klarar sig ganska bra själv.

Vi ska åka till USA igen. Jag och mamma. Men bara till Gustav den här gången. Två månader innan vi ska åka börjar oroligheterna. Telefonen ringer. Jag bor med mina kompisar i Fruängen.

-Hans. Jag hittar inte mitt pass.
-Du har inte fått passet än. Du ansökte om nytt för bara en vecka sedan.

Två timmar senare.

-Nu har jag letat i flera timmar. Kan du förstå var mitt pass kan ha tagit vägen.

Men vi kommer iväg i alla fall. På vägen ska vi byta plan på John F Kennedy-flygplatsen i New York, men av någon anledning får vi inte landningstillstånd så vi får hänga länge i luften ovanför staden. Visserligen ganska häftig utsikt, men i kombination med att när vi väl landar och ska genom passkontrollen hamnar bakom dem som kommit med ett plan från Bagdad, försvinner all den tid vi har att förflytta oss till nästa terminal där flyget till Seattle ska gå. Att både hämta vårt bagage och ta oss till nytt flyg hinner vi inte. Vi blir lovade att bagaget ska omdirigeras till Seattle.

När planet till Seattle lyfter har vi tur och blir placerade i ekonomiklass. Mamma är väldigt stressad. Ruschen genom JFK-flygplatsen, alla människor och enligt svensk tid sena kvällen är för mycket. När vi blir erbjudna mat på planet är mamma inte hungrig. Hon är trött. Hon tittar på klockan som vi ställde tillbaka sex timmar medan vi cirklade över New York och konstaterar att klockan bara är fem. Det är underligt, tycker hon, att hon inte är hungrig. Hon brukar äta klockan fem.

Den här flygresan är första gången jag får en känsla av att mammas värld också känns avskuren. Att hon glömmer saker vet jag, att hon lätt blir orolig är ingen nyhet, men att hon att hon känns så totalt hjälplös känns nytt. Om jag inte varit med på flygplatsen skulle hon inte ha en chans. Hon skulle inte ha en endaste idé om vad hon skulle göra. Hon som varit en kavat kvinna.

Det är blicken som inte finns där mer. Den känns osäker, inte ledsen, inte arg. Den verkar bara inte registrera som förut. Det är skönt när vi kommer ut på landet till Gustavs gård igen. Han är som en storebror och han älskar henne. Förstår. Vi hjälps åt att laga svenska köttbullar.

När man blir rädd blir man farlig

Det är sommaren 1987 mamma och jag besöker USA för andra gången. Den här gången åker vi direkt till morbror Gustav i Idaho och det är då jag träffar Butch och hans familj. Gustavs dotter Sonja har gift om sig med en körsbärsfarmare och flyttat upp i bergen i Montana i nordvästra USA. Jag förstår på Gustav att han inte är översvallande av lycka över giftermålet även om att han inte berättar mycket innan vi åker, mer än att Sonja ser fram emot att träffa oss igen. Med Gustavs gröna Buick tar vi oss till Montana.

Det tar inte många sekunder efter det att vi anlänt innan jag förstår att Butch och jag har fundamentalt olika värderingar om det mesta, i synnerhet om vapen. Jag har så sent som i maj vägrat att göra repmånad, i något som i sig var en fars men på något sätt ändå civiliserat för att vara militären. Jag hade fått följa med en officer upp på ett rum och där hade han gett mig en order att ta på mig en militärkeps och jag hade svarat att jag vägrar och därmed var det klart. Jag hade tagit tåget hem igen. Nu möts jag av den stora skylten utanför dörren: TRESPASSERS WILL BE SHOT – SURVIVORS WILL BE SHOT AGAIN. Jag läser förvånat, men säger inget utan stiger in i huset och hälsar på Sonja och barnen.

Innan maten är vi förstås tvungna att gå en kort husesyn och jag får reda på att i alla rum fanns minst ett vapen och att alla barnen från och med att de var sju år gått i vapenträning. Det känns tryggt. Så här ute på landet med åtta kilometer in till det lilla samhället kan säkert vad som helst hända. Jag tänker att den idén ska jag ta med mig hem till de som bor på landet i Sverige, där de till och med slarvar med att låsa dörren.

Efter maten blir jag visad dit jag ska bo. Det visar sig vara i ladugårdsbyggnaden tvärs över trädgården från huset och är ett häftigt boende. Övervåningen eller loftet är ett enda stort inrett rum och liknar såna där lägenheter som balla bor i i filmer från New York, 300 kvadratmeters rum med badkar mitt i. När jag blir ensam slår jag mig ner i en soffa och plockar upp en tidning ur högen av ”The american rifleman”, som ligger på bordet. NRA – the National Rifle Accociation som ger ut tidningarna är de som hårdast och obegripligt framgångsrikt slåss för allas amerikaners rätt att bära vapen. Tidskriften är fylld av reklam för olika vapen och berättelser om dess skjutkraft och vilka skador vapnen kan ge. Ett stort reportage handlar om hur viktigt det är att man skän-

ker pengar till Contras i Nicaragua för att förhindra den kommunistiska smittan. Iran-Contrasaffären är högaktuell. USA har via CIA och överstelöjtnant Oliver North försökt att dels illegalt sälja vapen till Iran och sedan omdirigera dessa pengar till de som ska störta den folkvalda regeringen i Nicaragua. Skandalen har vuxit så att USA försvarsminister får avgå, medan Ronald Reagan, cowboypresidenten hävdar att han inget vet och går fri. Alla som faktiskt blir dömda blir sedermera benådade av George Bush den äldre under hans sista dagar som president.
Jag bläddrar vidare och kommer till vanliga amerikaners insändare. Där berättas på flera uppslag om hur vapnen har räddat dem. "Jag vaknade upp av ett ovanligt ljud från nedervåningen. Jag öppnade nattygsbordets låda och tog fram min Colt 45, osäkrade och smög nedför trappen. Jag sköt inbrottstjuven med två skott." Undertecknat "Guns forever" och under den signaturen finns en förklarande text med att skytten frikänts i domstol. Det hade varit intrång på hans mark. Sex sidor med liknande historier.

Jag åker med Butch runt i hans bil då han förevisar körsbärsodlingarna. Han visar att han har två pistoler i bilen. En i handskfacket och en gömd under förarsätet. Jag tänker att han känner sig säkert osäker när det under skördesäsongen kryllar av mexikanska körsbärsplockare på odlingarna. Samma eftermiddag visar han sitt kärnvapenskydd.

I Montana finns i bergen ständigt avfyringsklara långdistansrobotar med så mycket kärnvapenkraft att vi inte vill förstå. De byggdes på 50-talet och jag antar att Butch under hela sitt liv levt med hotet och det är klart att man ska skydda sin familj. Butch tar mig ned i källaren och i golvet i källaren finns en lucka som han öppnar och uppenbarar en trapp och vi går ned ännu en våning.

Där finns två rum och en toalett som han stolt visar att man kan spola. Det första rummet är fullt med konserver. Från golv till tak i rader finns mat som familjen ska klara sig på i händelse av kommunistattack med kärnvapen. Där finns också en stor trave med fotoalbum, kopior av de bilder som finns i det vanliga vardagsrummet två trappor upp. I det andra rummet står sex sängar, ett bord med stolar, en liten lekhörna och ett vapenskåp, som jag inte får titta in i. Den ena väggen är rena berget och där rinner vatten som från en källa. Jag vet in vad jag skulle säga men Butch verkar inte bry sig om det så mycket utan pratar om att här kan de klara sig mycket mycket länge. Jag undrar vart vattnet kommer ifrån och om inte familjen vid kärnvapenkrig skulle dricka sig till cancer av kontaminerat vatten. Men jag säger inget om det heller.

Stackars Gustav.

Gungan

Vi är i Idaho hos Gustav på besök. Mamma och han trivs bra tillsammans. Det är lugnt och mamma som är i början av din demens vill ha det så. Gustav är 90 och skenar inte heller omkring. Mamma får lära sig hur man gör kaffe på änkemansvis. Värmer vatten i mikron och sen bara hälla i pulver. Just där klickar det väl inte så väl, för kaffe vill mamma ha på sitt sätt. Det ska kokas och det ska vara riktigt kaffe och ordentligt med bönor och inte sånt där amerikanskt blask. Hon vinner förstås. Överlägset. Så nu sitter de med varsin kaffekopp och njuter vid köksbordet. Gustav tar fram lådan där han förvarar gamla kort. Det är bilder från länge sedan och många av dem är från tiden då han emigrerade från torpet Fly utanför Näshult i Småland. Det är speciellt en bild han undrar över, berättar han. Han ska se om han hittar den. Men det är många bilder innan dess och nu krånglar inte mammas minne. Hon vet vilka personerna är på bilderna. Hon säger namnen och ofta har Gustav något liten fin och sentimental anekdot och jag sitter med och får en del småländska rötter.

Så kommer bilden Gustav vill visa. Det är ett svartvitt fotografi som är tre gånger tre centimeter och föreställer en liten flicka, fyra fem år, som sitter i en gunga.

– Är det där Greta, undrar Gustav och räcker över bilden.

Mamma ser en stund på bilden. Det är Greta och Gustav börjar gråta. Han gråter stilla en gammal mans tårar över ett minne han levt med. Jag tycker det är så vackert och ändå vet jag inte vad bilden framkallar hos Gustav.

När Gustav fortfarande bodde hemma på torpet i Småland hade hans pappa bett honom att hugga ned en gammal ek som börjat dö. I eken hängde en gunga som var flickan Gretas favoritsak i livet. Hon ville inte att Gustav skulle hugga ner trädet och han hade tvekat, men inte gjort det.

Några veckor senare regnade det och åskade och varför vet ingen men Greta satt i sin gunga i regnet. Kanske skrattade hon med sommarregnet, då blixten slog ner i just den eken. Greta dog.

Ett par månader senare hade Gustav rest över till det nya stora landet i väster.

Sorgligt

Jag är hemma hos mamma och hälsar på. Hon blir mer och mer glömsk. Det är hemskt att se mamma sådär, men ibland blir det tragiska komiskt också. Som en gång då jag kommer hem så möts jag med en kram av min lilla mamma som räcker mig upp till bröstet. Idag ska du få något som du gillar. Jag hinner hoppas på mammas goda kyckling med sås. Men inser att den tiden är förbi då hon säger, "du ska få varm korv". Som om jag var åtta år. Jaha, vad gott, säger jag och undrar om hon har korvbröd och då pekar hon på brödburken och säger att det har jag köpt. Jag öppnar burken. Finns inga korvbröd. Har du ketchup? Ja. Jag tittar i kylskåpet och där finns varken ketchup, senap eller ens någon korv

Bellmanlotter

En annan gång när jag är hemma kollar jag som vanligt genom hennes sekretär efter räkningar som kanske borde ha betalats. Jag hittar i stället 22 stycken Bellmanlotter som det är dragning på om två veckor.

- Vad är det här?
- Det är en Bellmanlott. Du vet att jag köper en varje månad.

Men nu har hon inte längre någon koll. Hon går till Konsum. När hon kommer fram har hon glömt bort vad det är hon egentligen ska köpa, givetvis utan att veta att hon glömt. Hon är i Konsum och får syn på något med röd prislapp på, som hon köper och när hon kommer till kassan dyker det upp som genom ett under. Hon ska ha en Bellmanlott också. Och hon handlar många gånger. Flera gånger varje dag. Det blir många lotter. "Jag köper en varje månad". Summa månadskostnad 880 kronor. På hennes änkepension som inte är så mycket.

Nu har jag alltså 22 Bellmanlotter i min hand och jag börjar undra vad jag nu ska göra? Låter jag dem ligga kvar i sekretären kommer hon ju att glömma att kolla dem. Kanske ser hon någon gång att här ligger gamla lotter och skräpar och kastar dem. Men jag kan ju inte bara ta dem. Jag bestämmer mig för att skriva upp numren och stoppar in dem lite djupare i ett fack.

På tåget hem startar fas två. Tänk om mamma vinner. 22 lotter är många. Tänk om hon vinner en miljon. Jag kan tänka mig många roliga saker att göra med den summan. Det är helt säkert att hon skulle glömma bort att hon vunnit. Men jag kan inte ta hennes pengar. Men å andra sidan skulle jag få dem ändå. Bara senare och betala arvsskatt. Att stjäla en miljon från sin mamma. Det är väl fängelse på det.

Dagarna går och jag ägnar inte lotterna så många tankar. Men så blir det ändå den femtonde och dragningsdags. Jag köper en Aftonbladet och när jag kommer hem plockar jag fram lottnumren. Å ta mig fan. Hon har vunnit. Inte en miljon, men tiotusen kronor!

Jag ringer hem

- 30453
- Hej mamma.
- Hej Hans. Vad roligt att du ringer.

- Hur mår du mamma?
- Det är bara bra. Jag har ätit fläskkotlett.

Det säger hon alltid. Hon har inte ätit fläskkotlett på flera år, men någonstans så vet hon att jag brukar fråga om hon har ätit ordentligt. Undrar om hon ens vet varför hon säger det. Troligen tror hon på det just då.

- Du. Jag tänkte komma hem om en stund. Är du hemma?
- Du är så välkommen.
- Mamma. Du vet de där Bellmanlotterna. Ligger dom kvar i sekretären?
- I sekretären….ja….där lägger jag dem alltid.

Det tar tre timmar innan jag ringer på hennes dörr.
- Jamen är det du. Vilken överraskning!

Vi kramas och hon kastar ett ogillande öga på mitt långa hår, det hör liksom till och sedan går jag raka vägen in till sekretären. Öppnar den och ser omedelbart att det lodräta facket där jag lagt lotterna är tomt. Jag letar i andra fack, öppnar lådor, öppnar kuvert som ligger i lådorna. Inget.

- Mamma. De där lotterna som låg här.
- De ligger där.
- Nej. Kan du ha lagt dem någon annanstans?

Så börjar stora sökandet. I alla lådorna i köket, i bokhyllan, i skafferiet, bland soporna, under mattorna. Plötsligt kommer mamma, som också letar, in i köket.

- Jag hittade dem!

Och viftar nöjt med tre hundralappar hon hittat bland sina underkläder.

Vi hittar aldrig några lotter. Vad som hänt med dem är det ingen som vet. Kanske har mamma överraskas bara en halvtimme efter att jag gått förra gången av att så många gamla lotter som ligger och skräpar, djupt instoppade i det där facket och slänger dem. Eller också att går hon och tittar direkt när jag ringt och hittar dem och stoppat dem på sig i sin rockficka. Där kollar vi nog aldrig.

Ella

Vi har en katt. Ella. Han är svart och har ett rött halsband. Det är bra för en katt bo i ett kollektiv. Alla människorna har olika tider och det är bara att stå vid kylskåpet så får man alltid något gott. Eftersom vi bor på nedre botten och balkongdörren ofta står öppen, leder det till att det ibland kommer in andra nyfikna katter, som snart lär sig att där inne i det köket finns mat i en skål och den där stora svarta katten behöver man inte bry sig om, för han står ändå bara och glor lite slött när man snor hans mat. Ella lever i överflöd ändå, han har aldrig lärt sig slåss för maten. Han lär sig andra saker i stället, som att apportera. Om man kastar ut hans favoritkedja så hoppar han genast ut på gräsmattan och hämtar den. Då får han en ostbåge och sen kastar man igen. Ella älskar ostbågar. Han följer med på promenader också. Går som en hund efter.

En gång är Ella borta. Han brukar komma in då vi ropar men nu kommer han inte. Han har varit borta länge. För länge. Det blir panik. Först letar vi inomhus, om han hittat någon schysst hylla bland några mjuka kläder i något skåp eller om han smitit in till grannarna, vilket händer, men vi hittar honom inte. Alla går ut och letar. Vi går flera varv runt kvarteret och ropar. Vi letar inne igen. Ingen katt.

Samlade i lägenheten är några oroliga medan andra säger att han kommer väl. Vilket han gör. Han har inte ens varit borta. När Classe öppnar kylskåpet hoppar det ut en stor svart katt, sträcker på sig, slickar sig om munnen och kilar ut till favoritplatsen i soffan. Kvar i kylskåpet står den tomma skålen där minst tio strömmingar legat. Det är en mätt kall katt. Cool katt.

Det är faktiskt så att det är Ella som håller oss ihop i slutet på kollektivhusboendet. Vi är på väg åt olika håll. Men alla vill ha Ella. Då blir han överkörd. En bilist ringer och berättar att han inte hunnit stanna. Att han försökt bromsa. Att han försökt väja. Att han förfärad hört dunsen. Att han sett telefonnumret på halsbandet. Att han är hemskt ledsen.
Inom några månader har vi flyttat. Jag till Gärdet. Lotta till Söder, Bi till en annan lägenhet i Fruängen och andra då inneboende har fått fixa nytt boende.

Glögg

Vi har flyttat ifrån lägenheten i Fruängen där vi bott tillsammans en hel massa människor. Vi är på väg till andra slags liv. I små lägenheter runt om i stan, en del hyr i andra hand. Några söker utbildning, några avancerar på jobbet, vilket är utmanande och därför stimulerande och roligt. Men det tar mer tid, krävs en lugnare miljö.

Men på julen vill vi vara tillsammans och vi samlas på julafton, har med oss mängder av mat och firar tillsammans. Sexton personer. Och nästan som en hedersgäst är mamma med. Hon känner sig välkommen och är det också så klart. Men vi är för många. Det blir för rörigt. Hon blir nervös. Det är bara ett och halvt år innan hon snabbt tynar bort i sin cancer. Och den finns där. Har gjort det länge nu. Ensam i lägenheten, för det mesta i tystnad, aldrig någon radio, ingen musik, väldigt sällan TV. Det är klart att hon grubblat och oroat sig över sin sjukdom. Kanske är det Alzheimer som läkarna säger eller också är det bara att hon ensam varit van att bära så mycket. Att det till slut blivit för mycket och att glömskan är ett skydd.

När vi bänkar oss på eftermiddagen, mer eller mindre intresserade av Kalle Ankas jul på TV, som givetvis tar merparten av utrymmet, har vi värmt glögg som serveras i små muggar med russin och mandel. Det doftar gott och stämning om ångorna från kannan. Varför får inte hon någon glögg? Hon petar på mig i smyg och undrar vad det där är som alla har, men inte hon. Hon tycker det är orättvist och vill också ha. Hon har serverats kaffe, men vill också ha en sådan där liten kopp. Och någon säger, "Javisst, har inte du fått? Jag ska hämta åt dig Karin".

Visst hade det varit lite roligt att se mamma en aning berusad. Men inte nu. I hela livet har aldrig, aldrig druckit en droppe alkohol. Nu får hon inte. För mig. Hade hon varit sitt verkliga jag, det som var Karin Svensson, före detta Flygård, hade hon aldrig velat smaka. Det är ju så. Men hon är envis tanten. Det ser väl gott ut. Så jag får springa ut i köket, hämta en glöggmugg, hälla saft i, russin och mandel och värma. Sen tittar hon, som det ser ut, intresserat på Askungen. Nöjd igen.

90-talet

Globalisering

Kuwaitkriget

Nelson Mandela friges

Rwanda

Balkankrigen

Estonia

EU

Persondatorer

Dokusåpor

Mobiltelefoner

Tyskland återförenas

Ny demokrati

Bill Clinton

VM i USA

Internet

Jag är trettio år. Singel. Bor på 25 kvadratmeter på Brantingsgatan på Gärdet i Stockholm. Jag har varit i fem världsdelar, men jag har ingen utbildning, vet inte vad jag vill bli. Jag jobbar natt på sjukhemmet och drömmen om att skriva håller på att ebba ut. Mamma blir allt mer förvirrad och cancern som tagit brösten är nu tydligt utbredd på hela huden på överkroppen som är full med sår.

Jag har blivit tjockare. Spelar en hel del badminton med Schultzan men det hjälper inte. Blivit stelare också. Varit med om min första åldersvarning. Jag spelar med i en korplagsmatch i fotboll. Ser bollen komma i luften. Är helt omarkerad. Ska ta ner bollen på låret och spela den vidare. Jag känner inga osäkerhetskänslor alls. Vet vad jag ska göra. Men bollen bara försvinner. Bollen går över mitt upphöjda lår. Jag har varit för långsam, för seg och inte fått upp benen tillräckligt högt. Det är första gången jag känner att jag inte längre lika lätt kan göra som jag vill med kroppen.

Classe och Tommy har barn. Bi och Lotta bor i Fruängen och Bi har gått klart universitetet utan att ha missat en tenta. Det börjar finnas en utväg ur apartheid och Bi bär en förhoppning att kunna vara med och starta ett nytt land. Schultzan håller på att doktorera i Kemi. Tommy pluggar till läkare. Classe har ett fast jobb som fotograf.

Jag rakar bort skägget men låter det växa ut igen. Klipper av hästsvansen jag haft i fler år. Sen börjar jag söka i utbildningskataloger. SO-lärare kanske.

Mauritius

Den första dagen på Mauritius går vi på en strand i genommulet väder, bara några timmar och bränner upp oss för dagar framåt. På hemvägen genom byn snickras det på vart enda hus. Hus som ser sköra ut, av trä med plåttak. Alla snickrar. Sätter på fönsterluckor. Orkanen väntas in till kvällen. Vi som bor i områdets mest välbyggda hus får rådet att stänga alla fönster ordentligt och att inte gå ut. Vi tycker att det är spännande med orkan. Har ingen riktigt erfarenhet. Vi låser in oss första kvällen.

Det blev mest en stor storm, som bara lämnar några trädgrenar på vägen efter sig. Redan på morgonen dagen efter skiner solen som vi då är tvungna att undvika. På kvällen är det fortfarande molnfritt och klart. Stjärnorna är tusenfalt fler än jag sett innan. Månen är full som fan. Vi står på vår altan och ser ut över havet, hur vågorna bryts mot revet ett par hundra meter ut och hur vågkammen färgas gulröd av månljuset, som när man tänder en tändsticka, fast större. Om och om och om igen. Vi gör i ordning varsin kopp te, sitter på altanen. De är bländande vackert. Vi ska bo i det här huset i flera månader. Det är den andra kvällen.

Vi hittar till det vi döper till systembolaget. Bara trehundra meter från vårt hus ligger det skjul som säljer öl och läsk. Vi kan inte tala kreol. Vi pekar på en ölflaska och stäcker upp tre fingrar, ger mannen femtio rupies och får trettio tillbaka. Vi dricker upp ölen i skuggan under en palm. Det smakar mer. Vi går tillbaka, lämnar tillbaka flaskorna, pekar på ölen och visar upp tio fingrar. Ger mannen en hundring. Vi får femtio tillbaka. Underligt. Vad kostar ölen egentligen?

Dricker kall öl till månljuset på kvällen och upptäcker att ljuset räcker till att läsa i. Vi tar fram varsin bok bara för att vi kan, njuter av ölen, den varma kvällen och av vågorna som slår mot revet en bit ut. Det är den tredje kvällen.

Motion

Strax innan skymningen ska Helen och Peter ut och springa och jag hänger med. I ungefär 100 meter, sen inser jag att de är tränade orökare och jag är en otränad rökare. Men jag fortsätter själv, i min takt. Springer på den smala huvudgatan tills jag börjar tycka att det blir för jobbigt, viker av ner mot havet och tänker att det är säkert trevligt att springa längs vattenbrynet hem. Solen sjunker snabbt nu och skymningen sänker sig. Jag tänker att det är lugnt. Jag kommer att hinna hem. Då ser jag hundarna på stranden. Säkert 15 hundar. Nästan vildhundar. De ser mig komma, vänder sig mot mig och börjar skälla. Jag rör mig utåt i vattnet. De närmar sig. Jag går längre ut. Längre ut. De står vid strandkanten. Skäller. Med vatten till naveln går jag sakta framåt. Solen går ner. De fortsätter att skälla men de är allt längre bort. Det blir mörkt mycket snabbt. Jag måste mot land. De har tystnat. Är de kvar? Jag bor bara tvåhundra meter bort, men jag måste in mot stranden nu för den naturliga piren av spetsig korall kan jag inte klättra över. Vågorna döljer alla andra ljud. Jag har aldrig varit så rädd för hundar förut? Vad skulle de där hundarna göra med mig. Skulle de käka upp mig? Gör hundar så? Vildhundar?

Jag närmar mig land. Ser tomt ut. Inga rörelser i den nu inte alls häftiga tropiska kvällen. Vatten bara till vaderna nu när jag kommer förbi piren. Jag ser hemma. Går ut något längre i havet. Känner mig säkrare nu. Hör något, några springer. Helen och Peter rusar förbi bara någon meter ifrån mig. Nakna på väg mot ett uppfriskande bad efter milen de sprungit. Jag har ingen lust att bada.

Korallrev är fina att se på

Jag vet inte hur jag tänkte. Jag har haft kontaktlinser sedan jag var fem-
ton år, men då vi ska åka till Mauritius så bestämmer jag mig plötsligt
för att bara ta med mina glasögon som färgas mörkare efter solljuset.
När jag vet att vi ska bo femtio meter från stranden, just innanför ett
korallrev, med alldeles klart lugnt vatten, där det simmar fullt med
färgglada fiskar. Alla andra glider stilla snorklande omkring på vat-
tenytan och ser genom cyklopet ner i revets färgglada myller. Säger
att det är otroligt häftigt. Jag får ligga på en luftmadrass och stirra ned
i vattnet, vilket är jävligt orättvist. I två månader är vi där. Hur jävla
korkad får man vara?

Sista besöket i Småland

Jag tar med mamma till Småland. Vi bor hos Linnea som är fjorton år äldre än mamma och var den som tog hand om mamma från det att hon föddes tills det hon lämnade gården Fly och tog hembiträdestjänst i staden. Linnea är förtvivlad över mammas glömska.

I Näshult tittar vi in på torpet vi brukade spendera somrarna i. Ringer på hos grannen Sonja som vi talat om att hälsa på. Men hon är inte hemma. I stället åker vi till den lilla affären i byn och där blir familjen som äger den glada att se mamma igen efter många år. De bjuder in oss på kaffe och vi sitter där någon halvtimme och pratar. I bilen tillbaka till Linnea säger mamma att det verkligen var en rolig utflykt.

- Jag tror Sonja blev väldigt överraskad att vi kom, säger hon. Men det var roligt att träffa henne.

Ny dammsugare

Mammas granne Sonja ringer.

- Ska Karin köpa en ny dammsugare för fem tusen kronor?
- Nej, svarar jag och tänker efter. Har inte hon en rätt ny?
- Det har hon i alla fall gjort.

Så berättar Sonja hur det kommit en dörrförsäljare, en ung man. Hur dörrförsäljaren lyckats få mamma, som är rätt i illa däran i sin tilltagande demens, att köpa en ny dammsugare och dessutom tagit med sig hennes gamla. Den som hon köpt för ett år sedan och som fungerar alldeles utmärkt. Det är klart att försäljaren fattar att han lurat en hjälplös kvinna. Man förstår att det är något som fattas när man pratat med mamma en stund. Hon har säkert tyckt det är roligt med besök och visat stora rummet och sina fina saker, vitrinskåpet och bilden på pappa med kungen och den egenknutna ryamattan under salongsbordet intill rokokosoffan som ingen någonsin sitter i. Hon har gått upp till Sonja sedan och berättat. Det är kanske ångest hon känner.

Jag får ett telefonnummer av Sonja. Till företaget som sålt maskinen. Jag ringer, tar mig överraskande snabbt fram till chefen som ganska omgående tillstår att det är klart att köpet ska gå tillbaka. Säljaren ska personligen lämna tillbaka mammas dammsugare imorgon och i sin tur få sin nya numera osålda produkt tillbaka.

Vi kommer överens om att jag ska komma hem till mamma klockan elva nästa dag. Chefen säger att försäljaren, som är ny och inte sålt något på en vecka, ska komma och då ska vi ordna tillbaka allt.

Försäljaren besöker mamma klockan nio. Jag har ännu inte åkt från Stockholm då, men allt verkar bra när mamma visar mig kuvertet med kvitto och allt. Att hon köpt en ny dammsugare har hon glömt.

Mina fina ben, säger hon och ser ledsen ut

Jag är och hälsar på mamma på Mariefreds sjukhem. Där tomtar hon omkring alltmer förvirrad. Hon säger som alltid att hon nog ska åka hem på tisdag och att hon mår bra. Hon bor på hemmet i ett par månader innan cancern griper tag även i hennes lungor och sen går det ganska fort. Det är egentligen rätt skönt att hon är så dement att hon inte grips av någon verklig ångest. Det hon oroar sig mest över är svullnaden i sina ben. Hon som alltid varit så nöjd just med sina vader som snyggt formade har visats upp under hennes klänningar. Hon sitter i en stol bredvid sängen i sin sal och har en blå blöja under sina fötter. Benen är svullna och spända som stockar och det rinner vätska ur porerna. Så mycket att blöjan med jämna mellanrum behöver bytas. Hon tittar ner på benen då och då. Det är sorgligt och se. Mamma som varit så stolt över sina smala vader. Det är bara en vecka kvar.

När jag kommer hem till hennes lägenhet på kvällen lånar jag hennes cykel och åker runt lite i mitt barndomssamhälle. I lägenheten saknas hon oerhört. Det är jobbigt att vara där. Någon ro vill inte infinna sig. Det är skönt att cykla ut ett slag. Jag tänker på att när mamma är borta har jag faktiskt ingen släkt mer. Vad har jag i Åkers styckebruk? Bara minnen. Jag undrar hur mycket mamma faktiskt förstår vad som håller på att hända. Hon är trött, är väldigt liten och smal nu, förutom benen. Vad ska jag göra sen? Med alla grejer? Alla saker som hon älskat. Jag har ingen plats. I skymningen kommer jag tillbaka och ska ställa in cykeln i cykelkällaren då en granne kommer fram och hälsar. Jodå, han har hört hur det är. Dom hör ju med varandra, grannarna.

- Den där cykeln. Tror du man kan få köpa den?

En bra mamma

Mamma somnar in tidigt en morgon innan jag hinner komma dit och ligger fridfull i ett litet rum, med en ros på bröstet när jag kommer för att ta slutgiltigt farväl. Jag sitter hos henne en stund och tänker att hon varit en god mor som älskat mig mer än någon annan gjort. Och att jag varit en alltför frånvarande son, som jag ändå vet att hon varit stolt över. Det är mitt i morgonruschen på sjukhemmet, men det går ganska fort att få hennes få tillhörigheter och för mig att tacka för den fina vård hon fått den sista tiden. Så åker jag hem till lägenheten. Den känns med ens annorlunda än den gjort då mamma levde.

När jag har skött det rent praktiska med begravningsbyrån i Strängnäs och kommer hem till min lilla lägenhet på Gärdet i Stockholm ska jag ringa runt till några av mammas vänner och berätta. Jag har fått med mig mammas telefonbok och ringer till dem som jag tror vill veta. Det är märkliga samtal att ringa. En del vill mest säga att de är ledsna och sedan avsluta samtalet så fort som möjligt. Andra vill höra om själva dödstillfället och åter andra ville gärna berätta något om mamma. Säger att hon varit en bra människa. En duktig kvinna. Som varit en god maka och att hon borde fått leva ännu några år. 70 är ju ingen ålder.

Jag ligger i badet när jag ringer Britta Tall som mamma hade träffat när de arbetade tillsammans på St. Gertruds sinnessjukhus i Västervik i slutet på 40-talet och sedan hade behållit kontakten med genom livet. Britta tar emot dödsbudet med ett jaha. Sen säger hon att min mamma var en snål människa. Hon förtydligar. Inte sparsam, utan snål. Så berättar hon att Karin och Lennart, alltså mamma och pappa, semestrat ihop med Britta och hennes man Uno. Många gånger. Aldrig ville Karin köpa något extra gott till kvällarna. Det ska du veta Hans, att någon muntergök var hon inte din mamma. Och snål, så in i Norden.

Tack för det.

Saker

Att ta hand om alla saker som finns i mammas lägenhet är svårt. Hon hade verkligen tyckt om sina saker och alltid när jag hade nya vänner med mig så bjöd hon på en visning av stora rummet. Hon var stolt över sina saker, det märktes alltid. Hon visade gärna balkongen med sina fina välskötta blommor, som är torra och vissna nu.

En firma som köper dödsbon kommer och pekar på allt de vill ha och ser något värde i. Jag plockar bort tavlan av samemålsren Nils Nilsson Skum, som jag aldrig tyckt om, men som mamma många gånger sagt är värd pengar. Dagen efter begravningen kommer de och hämtar en hel del. Resten ska bort på annat sätt.

Helgen efter får jag hjälp av min före detta flickvän Lotta att börja rensa ut. Vi börjar med källaren där det fanns två förråd. I fruktkällaren är det var fullt med egenkonserverad sylt med många år på nacken. Små lappar med text "Drottningsylt 1983" berättar om innehållet. Det andra förrådet är fullt men välordnat. I packlårar finns mina gamla leksaker, skolböcker från lågstadiet och gamla hockeyprylar. Vi kör iväg ett lass till containern som står vid parkeringen vid nya ICA- affären. När vi kommer tillbaka med nästa lass har några barn varit och rotat i det vi kastat och spelar landhockey med gamla röda Titanhockeyklubbor och har rödsvarta CCM-knäskydd, armbågsskydd och vita Jofa-hockeyhandskar på sig. Vi tycker det är gulligt. Alla mammas gamla kläder och annat tyg ger vi till en granntant som har hört av sig för att hon kan använda dem till att väva trasmattor med. Klädhängare i massor och annat körs till containern ända tills förrådet är tomt och Lotta och jag gjort det vi kunnat den helgen.

Nästa helg har vi bara varit i lägenheten i ett par minuter då telefonen ringer. Det är granntanten som fått alla kläder som bestört vill veta. "De säger att du slängt klädhängare, men det har du väl inte". Vad svarar man på det? Vilka var de egentligen?

Till slut blir allt tömt och min egen lägenhet på Gärdet i Stockholm har blivit en bisarr plats. 25 kvadrat med den mest stabila 120 centimeters breda våningssäng som existerat, fastborrad i parkettgolvet och fastsatt med grova bultar i väggen.

Därunder pappas gamla sekretär som han hade haft i sitt barndoms-
rum hos farfar, med min stereo på. Högtalarna på varsin sida. Mam-
mas rokokosoffa med tillhörande fåtölj. På det runda valnötsbordet
min14-tums TV. På väggarna tavlor med motiv mamma gillat, i tjocka
guldfärgade träramar, farfars gamla väggur i guld, mina flera hundra
CD-skivor och vinylskivor i högar på golvet. En stol som kommer från
ett slott någonstans och som har mönster med guldtrådar. Min egen
soffa och mammas kristallkrona i taket.

Gammelfarmor

I veckor går jag genom papper, som ligger i lådor. I en svart resväska från femtiotalet ligger det gulnade utklipp från tidningar. Ett av klippen är från 1954 och handlar om min gammelfarmor Klara, som är så tacksam över att ha fått flytta in på Skäggesta ålderdomshem. Hon förklarar att hon aldrig haft det bättre i sitt liv. Rent, fint och dessutom får hon hjälp med att handla.

Klara berättar i artikeln om hur hon som ung varit mjölkerska på gården vid bruket. Hur hon tjänade sex öre per dag och jobbade sju dagar i veckan. Träffade Viktor som var kusk och de gifte sig. Viktor transporterade järnmalm från gruvan vid Skottvång, kanske en mil från själva styckebruket. Det känns obegripligt att det inte för så länge sedan, mindre än hundra år, kunde vara lönsamt att ta upp den lilla mängd järn som fanns i en gruva i Sörmland, transportera den med häst och vagn till fabriken och där förädla järnet. Hur många dagsresor gjorde Viktor per dag? Hur mycket tjänade han?

Min farfar Kalle arbetade förstås också vid bruket. Han var en av de rallare som byggde den smalspåriga järnvägen mellan bruket och Skottvång. Vilket också känns som ett mirakel att även det betraktades som lönsamt. Strax innan järnvägen stod färdig och Viktors kuskarbete slogs ut av de industriella framstegen skenade hans häst. Viktor kastades av och bröt ryggen. Fram till Viktors död var det hennes jobb att ta hand om honom, berättar Klara i tidningen. Och han var en tung och med tiden en tjurig karl. Men det fick gå. De hade i alla fall inte dött av hunger även om det inte varit fett och att de inte haft någon toalett inomhus.

Så nu, 1954, bor Klara på ålderdomshemmet och har aldrig haft det bättre i sitt liv

Savannah

Efter att mamma avlidit har jag ingen släkt kvar. Men så börjar jag på lärarhögskolan och där träffar jag Ulrika på pedagogikkursen och hon bjuder på födelsedagsfest. Där är Marie. Några veckor senare bjuder jag Marie, Ulrika och Schultzan på middag hemma hos mig. Kycklingcurryn är så stark att Ulrica väljer hårt bröd, men Marie äter och ser glad ut. Ulrica och Johan blir ihop den kvällen och jag ser hur de kysser varandra när de dansar till Lou Reeds "Satellite of love". För Marie och mig går det lite långsammare till en början, men snart bor jag mest hemma hos Marie och mina skivor flyttar in. Det är på riktigt.

Det är på den grekiska ön Kalymnos som Marie kommer på namnet Savannah. Hon läser en bok som heter Tidvattnets furste och den handlar delvis om en psykiskt sjuk person som heter Savannah. Det är ett fint namn.

Savannah föds med planerat kejsarsnitt den 15 december 1993 på Södersjukhuset och efter förlossningen får jag omtumlad sitta och se på mitt första barn när hon ligger i en kuvös en stund och trots plastglaset emellan är hon bara så fantastiskt fin och namnet är alldeles självklart från början..

Några timmar senare har vi fått komma upp på BB-avdelningen och både Marie och Savannah har somnat. Jag går ut i allrummet, breder ett par mackor, bläddrar i en Aftonbladetbilaga och läser en artikel om Guns and Roses-gitarristen Slash. Det står att hans tjej heter Savannah och det är första gången någon annan, verklig person har det fina namnet vi hittat till vår dotter. Jag läser återigen artikeln om Slash som är ihop med den kända porrfilmsaktrisen Savannah.

Det tar flera år innan jag berättade det lilla sammanträffandet för Savannahs mamma. Savannah gillar sitt namn.

Jo...

På eftermiddagen ringer Gary och undrar om han inte kan bjuda på middag. Det är hans sista kväll i Stockholm innan han flyger hem till Hawaii igen. Det kan han få. Jag ska visserligen arbeta på servicehuset vid Hornstull klockan nio, men jag hinner.

Vi träffas på Skeppsbrokajen och äter gott. Tre öl till. Jag bör förstås inte dricka alls, men det känns rätt lugnt. Vad som blir mindre lugnt är att hinna i tid. Tiden rusar iväg medan vi äter och snart är jag tvungen att springa upp till Slussen och slänga mig in på en tunnelbana. Kommer till servicehuset på Lignagatan några sekunder innan nio, medan stora entrén ännu är öppen. I handen har jag fortfarande, då jag kommer in på servicehuset min rykande cigarett och jag ser mig efter någonstans att fimpa den. Hittar en lämplig blomkruka, stoppar ner ciggen och går in i personalrummet, ber om ursäkt att jag är lite sen, men det är okej. Kvällspersonalen går hem och jag och kvinnan jag ska arbeta med under natten, går ut på gården och dricker en kopp te innan vi ska gå runt till de gamla.

Det är en vacker sommarkväll och vi gör oss ingen brådska. När vi kommer in i trapphuset känner vi den genast, brandröken. Fan. Det brinner! Var kommer det ifrån. Vi springer till ett annat trapphus. Och ett annat. Vi kan inte lokalisera källan. Ringer till Brandkåren och medan vi väntar springer jag upp till sjukvårdsavdelningarna och varnar. Där uppe känns ingen röklukt än. Måste vara i en lägenhet.

Brandkåren kommer. Fullt pådrag. Alla tillgängliga bilar. Vi möter vid stora entrén. Här är det tydlig rökutveckling. Den första brandmannen går, det första han gör, och checkar blomkrukorna. Här är det! Lekakulor som börjat glöda. Så är det över. Alla är lättade. Ingen brand.

Det troliga är att någon av de gamla fimpat i blomkrukan, säger en av brandmännen.
Jo.

Filmnet

Jag jobbar natt på Hornstulls sjukhem. På nätterna när patienterna sover kollar vi ofta på film, på filmnet. Klockan ett och klockan tre. Då sänds riktigt usla thrillers. Det är alltid en hård hjälte med en egen moral, en skurk som ser elak ut och en tjej som är snygg och som ramlar när hjälten och hon blir jagade och han får vända om och bära med sig henne. De undkommer alltid.

Den blonda sjuksköterskan jag oftast arbetar tillsammans med, tycker varenda natt att filmerna är lika spännande. Blir förbannad på mig när jag efter fyra minuter säger att det där är skurken. Så frågar hon om jag sett filmen och sen undrar hon hur jag kan veta det, alltid.
Det är egentligen optimala förhållanden för en film. Vi får betalt, vi kan gå och göra goda nattmackor i köket, fixa te och vi kan krypa under varsin filt framför den stora tjockteven. Jag är avundsjuk på sköterskan för att hon har det roligare än jag.

På rum 14

Det finns en gammal tant på sjukhemmet som heter Edit. Det ryktas att det, eftersom hon var så otroligt elak, hade varit gårdsfest i huset där hon bodde när hon togs in på hemmet för gott. Hon är elak. Och tjock. Tung. Och gnällig. Jag gillar henne. Men framför allt gillar hon mig. Ibland när jag jobbar dagtid på samma avdelning brukar jag ta upp henne på morgnarna utan att använda sängliften. Det gillar hon. Men även när hon är sur försöker jag vara schysst och det blir bra. Jag kan till och med komma in på morgonen och säga "tjäna tjockis" och hon svarar "Jaså det är du Hasse, det var bra".

På luciamorgonen blir jag hämtad av alla gamlingars favorit, en ordningsam, flitig kvinna som heter Siv och som inte är rädd att ta i.

- Edit vill bjuda på glögg. Kom.

Edit sitter i sin rullstol, framför handfatet, i största gröna blöjan och naken på överkroppen. Den kroppsliga integriteten är för länge sedan uppgiven. Siv snurrar rullstolen utåt och lägger på Edit en filt. Sen skålar vi i glögg, kall glögg, direkt ur flaskan i små plastmuggar. Den märkligaste, men kanske finaste skålen i mitt liv. Edit, Siv och jag. Nästan lite busigt, alkohol på morgonen. Edit plötsligt medveten över hur hon ser ut. Det gör väl ingenting, säger Siv sedan skrattar vi alla hjärtligt tillsammans. Det är vackert.

Natt

Det händer en konstig sak en natt. En gammal tant som fått en stor hjärnblödning på förmiddagen har under dagen bara blivit sämre och sämre och klockan åtta på kvällen så ger hjärtat upp.

När vi som ska jobba nattpasset kommer klockan nio är läkaren där och konstaterar dödsfallet. Tanten har ingen anhörig så vi ska så småningom under kvällen ta hand om henne. Under tiden öppnar vi fönstret till hennes rum och går rundan till de övriga patienterna. Efter två timmar kommer vi tillbaka till tanten. Vi känner på henne och hon är fortfarande varm. Det är konstigt. Vi tar puls och blodtryck. Ingenting. Hon får ligga ett tag till. Klockan tre går vi in igen. Känner på henne. Tanten är fortfarande varm. Vi lyssnar. Ingen andning. Tar pulsen. Ingen. Men lite skumt ändå. Tanten får ligga en stund till. Klockan halv sex. In till tanten igen. Ganska varm. Vi gör ordning henne. Tvättar henne, sätter på en klänning, bäddar fint, fäster hakan med ett bandage, lägger händerna i kors på bröstet, sätter fast en ros och kör ner henne till kylrummet.

Fria val

Nelson Mandela friges från Robben Island. Sydafrika ska bli en demokrati. Bi vill vara med. En blandning av alltför dåligt väder i Stockholm, längtan hem, en mamma och en pappa som blir äldre och chansen till att få hjälpa till att starta upp ett nytt land med Mandela som ledare gör att Bi flyttar tillbaka till Sydafrika.

Väl där får hon jobb, tack var den universitetsexamen hon på rekordtid lyckats ta i Sverige. Hon arbetar i en stab som utbildar valarbetare. 40000 valarbetare utbildas av Bi till det första demokratiska valet i landets historia.

Men en person misslyckas Bi med.
Christina. Hennes föräldrars hembiträde.
Christina är långt över åttio år då hon för första gången i sitt liv betraktas som lika mycket värd som andra människor i landet. Men hur ska hon veta? Hon tycker på fullaste allvar att det där ska väl inte hon som gammal kvinna och svart göra. Rösta och bestämma är Baas uppgift. Knappast hennes.

Bi gör sitt yttersta för att Christina skall gå och rösta. 85 år av rasdiskriminering, ett helt liv, har gjort att Christina faktiskt upplever sig själv som mindre värd.
Christina röstar inte.

Arrogansen får ett namn

Under studietiden på lärarhögskolan skriver jag och Roger, en kurs-
kamrat, en B-uppsats om beslutsprocessen inför ansökan om OS
i Stockholm 2004. Det är ingen studie i demokrati direkt. Det finns
starka män i kommunen, som socialdemokraten Mats Hult och mode-
raten Carl Cederskiöld. Genom intervjuer med flera socialdemokrater,
vänsterpartiets ordförande i Stockholm, Margareta Olofsson och några
folkpartister som är emot, framkommer att socialdemokraterna inte
ens har en omröstning innan förslaget att söka OS blir officiellt. Vän-
sterpartiets linje fattas av Margareta Olofsson då DN ringer till henne
då hon är i Munchen och undrar vad vänsterpartiet tycker om förslaget
hon inte ens sett. Hon svarar nej och så blir det vänsterns hållning.

Men det jag ändå kommer ihåg mest är när vi blir mottagna av Carl
Cederskiöld, som är finansborgarråd och högsta hönset i Stockholm,
i hans stora rum i stadshuset. Han sätter sig vant ner på kortsidan av
det stora avlånga bordet, lägger upp fötterna på bordet och tänder en
cigarr.

- Nå, ni är studenter. Vad vill ni veta då?

Mer om pappa

Det är under min tid på lärarhögskolan då jag skriver min B-uppsats i historia som jag förstår min personliga koppling till nazismen och Adolf Hitler. Jag har skämtsamt med den slutsatsen i min uppsats vilket inte alls gillas av den väldigt seriöse handledare jag har på kursen. Det är en vetenskaplig uppgift jag har att göra och då ska man sitta i dammiga arkiv och leta skrivna källor på mikrofilmer. Jag har valt att skriva en uppsats om min pappa och bygger 75 procent på oskrivna källor i form av intervjuer. Hör egentligen mer hemma på etnologiska institutionen hävdar min handledare. Jag får ändå godkänt till slut och har haft de roligaste veckorna under min studietid.

Hitler hade ju fått för sig att tyskar var de bästa i världen och naturligt skulle härska över andra folk. Människorna i Tyskland lät sig ledas i tron att andra kulturer och folkslag var sämre än deras, sådär som nationalister alltid hävdar till slut och på så sätt skapar antagonism och icketolerans inom och mellan länder. I kriget dog minst 60 miljoner människor och de flesta länder i Europa hade fått en sönderslagen industri och en ekonomi som låg i spillror. I Sverige, som ju i princip stått utanför kriget, rusade ekonomin och Sverige blev ett av världens rikaste länder.

USA som efter kriget fortsatte att stärka sin ekonomi, sitt politiska och militära inflytande i världen fick under femtiotalet, som en av vinnarna av kriget, ett nytt problem. Det fanns tusentals veteraner, från kriget som kommit hem skadade och var för livet fysiskt handikappade. De före detta soldaterna krävde att de skulle få rätt till en dräglig tillvaro och möjlighet att leva som vanliga människor i landet. Detta skedde samtidigt som den ekonomiska boomen och dels behövdes arbetskraften och dels talade moralen för att göra en insats för dessa mängder av krigshjältar. Därför startade skolor och träningscenters för handikappade runt om i USA.

Sverige som ju också exploderade ekonomiskt sneglade på den stora förebilden i väster även i detta avseende. Och det är det som min uppsats handlar om. Varför skapas blindskolor i Sverige på 50-talet? Och min pappa Lennart är min mitt huvudexempel.

Jag upptäcker när jag börjar skaffa fakta tid att någon "De synskadades historia" inte finns skriven, vilket jag har hoppats. Men det står klart att synskadade, eller blinda, som det hette då, inte var speciellt eftertraktade på arbetsmarknaden, utan traditionellt fått ägna sig åt terapibetonade arbeten som att binda korgar, göra borstar och liknande. Att pappa får gå på Blindskolan i Kristinehamn och utbilda sig till kipphyvlare, ett slags svarvare inom verkstadsindustrin, var helt nytt. Pappa blev blind av sin diabetes i exakt rätt tid för att kunna fortsätta arbeta och få en normal arbetsinkomst. Och det är den slutsatsen min handledare ogillar. Hade inte Hitler fört sin dumnationella politik och startat krig hade inte Sverige fått det industriella försprånget och inte kunnat eller kanske inte ens kommit på idén att handikappade också var en resurs i samhället. För om inte kriget varit hade inte USA haft sina skadade krigshjältar att ta hand om och då hade de handikappade där också fått klara sig bäst fan de kunde. Vilket inte lett till någon blindskola och mamma och pappa hade aldrig vågat bilda familj med barn av ekonomiska orsaker. Alltså var Hitler och nazismen en förutsättning för min existens.

Men det finns även andra saker som bidrar till att det är så givande att skriva uppsatsen. Pappa hade ju dött när jag var fjorton och vad jag kommer ihåg berättade han inte så mycket om sig själv, om hur han varit innan han blev blind eller hur han upplevde tiden då han gick från seende till att det blev for evigt svart. Nu letar jag reda på personer som känt pappa då. Det är kamrater från Åkers styckebruk som känt honom i hela livet. Jag känner ju några som Stina och Jonny och genom dem får jag fler kontakter och snart har jag en annan bild av min pappa. En bild som talar om en man som många gillar och är bra på att dansa. Som i sin ungdom cyklar iväg tillfestlokaler med en flaska renat i kavajen. "Det där intedrickandet kom din mamma med. På den punkten var hon inte nådig din mor". Jag får också reda på att det inte var förrän pappa hade fått sitt jobb tillbaka på bruket som mamma och pappa tordes bilda familj, gifta sig och skaffa mig. Det fanns också skvaller i samhället om hur det skulle gå för en blind att ta på sig ansvaret för en familj. "Det var hos några lika främmande som det är för vissa idag, att två män uppfostrar ett barn tillsammans", är en kommentar som en kvinna fäller under mina intervjuer. Jag känner att det gick rätt bra. Det viktigaste är nog känslan av att vara älskad på riktigt och den fick jag av mina föräldrar.

Det jag undrade mycket över var processen till blindhet. Hur kände pappa då? Det verkade ingen ha ett svar på. Han sa inte så mycket. Det var som det var. Och jag drog slutsatsen att de som känt min pappa inte verkade ha grubblat eller reflekterat så mycket heller. Det var helt enkelt som det var och utifrån det agerade man och var glad att pappa kunde arbeta och leva ganska normalt.

Den tredje roliga delen med att skriva uppsatsen är att jag lyckas få tag på min pappas lärare från blindskolan i Kristinehamn. Han kommer mycket väl ihåg min pappa och minns speciellt noggrannheten med vilken pappa utförde sitt arbete. Han berättar att han varit med på utställningen på Ostermans i Stockholm där synskadade fick visa upp vad de kunde åstadkomma med rätt utbildning. Han berättar att både kungen, drottningen och statsminister Tage Erlander varit där och just det vet jag ju redan. Jag förvarar de bilderna från utställningen i en låda i en källare, vilket skäms över just då och aldrig heller yttrar något om till pappas lärare. Av läraren får jag också några namn på personer som gått kursen samtidigt som pappa för snart fyrtio år sedan. Män som numera är pensionärer i olika delar av landet. Som jag ringer till och som kanske inte bidrar så mycket till min bild av pappa, men som genom mig får kontakt med varandra igen efter så lång tid. Det känns roligt.

Förslaget

Den sista terminen på lärarhögskolan inleds med en resa till Indien. Första morgonen i New Delhi går vi ut för känna lite på stan. Vi har inga riktiga mål utan tänker bara ströva omkring. Vi är åtta svenskar, varav några är mer resvana än andra. Det första som slår oss är värmen och det andra är omfattningen av människor. Överallt är det trångt, ljud, lukter, bilar som tutar, motorcyklar som kör väldigt fort, tiggare, folk som säljer mat på trottoaren, kvinnor i färgstarka saris, män i trasiga kläder, två kor i ett gathörn. Gruppen löses upp men det är lätt att ha koll på varandra för vi var ett huvud längre än de flesta andra, dessutom blonda och vita. Efter fem minuter ute på gatan stannas Johan, från Gotland, av ett par småpojkar som visar att han har fått smuts på sina sandaler. Och mycket riktigt. En klutt som ser ut som hundbajs sitter på det bredaste av läderbanden på hans skor.

- Shoeshine mister....?

Johan ser på sina skor igen och tycker det är äckligt förstås. Hundbajs! Han nickar åt killarna och de drar med honom mot en husvägg, det kommer en lite äldre kille ur myllret, som har trasa och borste. De torkar av sandalen och borstar och nu är det fem barn runt Johan som vill ha pengar för utfört arbete. Johan har ingen aning om hur mycket han ska betala och har inte ens lärt sig hur sedlarna ser ut eller vad de egentligen är värda. Han ger en sedel. Killarna försvinner och Johan är lite osäker på hur mycket han egentligen betalat, men nöjd med att skon är ren och att han hade sådan tur i oturen att grabbarna fanns där när han råkat få äckligt hundbajs på skon. Vi går storögt vidare. I varje ögonblick och överallt händer något vi inte är vana med. Det går tio minuter. En liten kille kommer fram och petar på Johan. Pekar på sandalen. Utsmetad klutt som ser ut som hundbajs. Pojken ler.

- Shoeshine mister......?

Magnus

Vi ska studera hur människor i södra Indien lever, framför allt dalits, de kastlösa, och allt som allt är vi runt fyrtio studenter som samlas på ett vandrarhem i Madras, nuvarande Chennai, i sydöstra Indien. Vi är från olika klasser på lärarhögskolan som inte haft så mycket med varandra att göra så jag känner från början bara hälften. Vi, ett gäng har varit i Indien någon vecka innan och andra har passat på att vara där ännu längre eller tagit en sväng i övriga Asien innan vi samlas i Madras.

Magnus kommer direkt från Östermalm i Stockholm. Han berättar att han varit i Paris med mamma tidigare under sommaren. Han är den yngste av deltagarna, har börjat högskolestudierna direkt efter gymnasiet. Han är också längst, en snäll och nyfiken kille men fortfarande lite valpig i kroppen som om han inte riktigt styr sina lemmar än.

På eftermiddagen den första dagen kommer Magnus in i den största av killarnas sovsalar, där han bor, med en stor kokosnöt han har varit nere på gatan och köpt. Men han har inte låtit försäljaren öppna den med ett par snabba hugg med en macheteliknande kniv, som är brukligt, för att Magnus tycker inte det verkar riktigt hygieniskt och vill öppna den själv.

Nu är det så att några redan känner Magnus och när han tar fram sin visserligen schyssta, men ändå bara en swiss-army-kniv, protesterar några och säger ”Nej Magnus, var försiktig.”. Vilket förstås Magnus lovar att vara, men icke desto mindre tre minuter senare slinter med kniven och skär upp ett djupt jack på översidan av ena långfingret. Blodet rinner.

När man är gift med en sjuksköterska och ska på semester så får man med sig lite extra sjukvårdsutrustning och därför har jag ett slags plåster som innehåller bakteriedödande medel och det erbjuder jag Magnus. Han tycker det är bra och jag hämtar plåstret och trycker dit det. Det ser lite kladdigt ut.

Vilket oroar Magnus. Han väntar några timmar. Men sedan, med hjälp av vår huvudlärare Jimmy, uppsöker Magnus ett sjukhus och kommer tillbaka med en stor vit fingertuta på långfingret.

Men det var inte nog med det, för Magnus har upptäckt att det inte är så rent i Indien och han har ju faktiskt ett sår på tån också. Telefonen har nämligen ringt hemma i lägenheten i Östermalm och när inte heller mamma är hemma har han skyndat sig för att svara, men råkat springa på ett bordsben med foten och nageln på stortån hade oturlig spräckts. Tänk om det skulle komma in bakterier, indiska smutsiga elaka bakterier under nageln! På kvällen kommer Magnus till kvällsfikat med långfingret och stortån i två stora vita bandage.

Själva kusen startar inte förrän på måndagen så vi har den första dagen i Madras ledigt och det är varmt och bara några hundra meter från stranden så de flesta beslutar att gå dit. Dock inte Magnus med sin tå och sitt finger. Men det är varmt även inne och i sovsalen är det inte alls så skönt. Den enda som är kvar är Erik som har hög feber och som ligger i sin säng och som blir vittne till när Magnus ändå beslutar sig för att gå ner till oss andra. Magnus tar fram sin gula gigantiska Delial solkräm, skruvar av korken och ska med sin friska hand spruta på en klutt solkräm på bröstet. Flloff. Den lilla ihåliga korken som ska sitta kvar lossnar och ut kommer hur mycket solkräm som helst. På Magnus, på golvet och stänk runt om.

På måndagen börjar kursen. Vi delar in oss i grupper och min grupp ska studera indiska fiskekvinnor situation. Vi blir tilldelade en indisk guide och en indisk tolk till varje grupp och sedan får vi träffa dem i respektive grupper och efter ett par timmar ska vi också berätta för övriga grupper vad vi ska göra och dessutom presentera våra nya indiska gruppmedlemmar. Presentationen ska ske på engelska och i den stora salen i vandrarhemmet.

Stolarna är på lärarhögskolevis utställda i ett stort U, för att underlätta diskussioner. Magnus grupp har utsett Magnus till den som ska sköta presentationen. Han är nervös. I handen utan fingertuta har han ett papper med det han ska säga, dessutom finns där två konstiga indiska namn. Han börjar. Han är ju lite valpig i kroppen och fingertutehanden far omkring till huvud, mage och rygg innan han finner ett lugnt grepp med handen. Då håller han sig i skrevet och med det greppet talar han till det femtiotalet människor, inklusive indiska guider och tolkar, som lyssnar. Alla försöker koncentrera sig på det Magnus säger så gott det går, men som på en given signal förlorar U-et sin form. De som sitter bakom flyttar bakom den som sitter framför för att slippa se. Bara några som inte klarar att undslippa ett litet fnitter hörs. Men alla ser bara vad han håller i. Vad pratar han om?

På kvällen börjar det att florera Magnushistorier och Therese berättar om när de haft ett sent seminarium en fredagseftermiddag och åkt tunnelbana hem tillsammans med Magnus och han glömmer sin gröna mössa på sätet när han går. Therese tar med sig den och på måndagen när hon ser Magnus igen så säger hon att han glömde sin mössa på tunnelbanan i fredags. "Jag vet", säger han. "Men jag hade tur. Jag gick till Rådmansgatan till hittegodsavdelningen i lördags och jag hittade den". Han håller leende upp en blå mössa.

Några dagar senare har hela gruppen lämnat Madras och åkt ut på landsbygden där vi besöker en NGO-organisation där vi ska vara i tre dagar. Vi killar bor allihop i en stor sovsal. Jimmy, reseledaren, kommer in till oss och har med sig en present till oss var. Det är en indisk bomullsskjorta och han vill att vi ska prova dem. Magnus blir genast orolig att skjortan han får ska vara för liten, men han sätter på sig den och den passar. Men så ska han av sig den, kränger skjortan över huvudet och sträcker upp armarna i luften. Flloff!
Armen rätt in i takfläkten.
Blodet rinner.

Fiskarkvinnor

De NGO-s vi besöker handlar alla om att hjälpa de kvinnor som är gifta med fiskare. Det är en utsatt grupp människor. Det finns tre stora problem de brottas med. Den första är att det finns allt mindre fisk längs kusterna på grund av den stora utfiskningen som stora fiskeflottor bedriver på internationellt vatten just utanför kusten. Enorma fiskenät med väldigt små hål i näten sveper med all fisk, även småfisk som blir till fiskmjöl eller används till kattmat i i-länderna. Det traditionella sättet att fiska, genom att åka ut med båtar, gjorda av urholkade trädstammar, slås obarmhärtigt ut och någon ersättning finns inte.

Det andra problemet är att vara fiskare är ett mycket farligt arbete. Att ta sig över korallreven utanför kusten är svårt, vågorna är ofta flera meter höga och det leder till att medellivslängden för fiskare är låg, trettio-trettiofem år. Det i sin tur leder till det tredje problemet och det är att alkoholismen bland fiskare är utbredd. Hos alla de grupper vi besöker får vi träffa kvinnor som berättar om illegala kiosker där det säljs hemgjord raki och som stjäl familjens pengar.

En morgon kommer vi, välmående studenter från Sverige, till en grupp kvinnor som ska berätta för oss hur de har det. Det är runt fyrtio kvinnor i olika åldrar. Alla i vackra färgglada saris som gör att fattigdomen inte syns så tydligt. Först bjuder de på kokosnötter som vi får dricka medan de sjunger för oss. Det är ett upplägg vi vant oss vid och lärt oss hantera. Kokosmjölken är som alltid är för söt och för varm men det var bara att sörpla i sig. Att det därefter krävs av oss att vi återgäldar deras sång med vår egen hade från början överraskat oss, men efter att vi besökt ett antal grupper är vi förberedda också på detta. Vi hade improviserat "Staffan var en stalledräng" den första gången, men nu framför vi den till och med i kanon och får leenden och applåder som belöning.

Vi får höra berättelser från det vardagliga livet som gör ett djupt intryck på oss alla. En kvinna som är änka berättar om hur hon varje morgon när fiskebåtarna kommer in på morgnarna alltid är där och köper en fisk eller två och sedan tar hon med sig fisken och promenerar inåt land hon så långt hon orkar och där säljer hon sin fisk. Ju längre hon orkar gå, desto högre pris kan hon få. På hemvägen köper hon ris och förhoppningsvis några grönsaker, men ser alltid till att det finns pengar kvar så att hon nästa dag kan köpa en ny fisk. Hon föder sig själv och sina fyra barn på det viset. Hennes högsta önskan är att hennes barn ska kunna gå i skolan, men hon saknar pengar till den obligatoriska skoluniformen.

Nästa kvinna berättar att hon också är änka och har varit det i fem år sedan hennes man dog på havet 32 år gammal. Hon har åtta barn. Alla flickor. Hennes bekymmer är att det inte finns några pengar till att betala hemgift för flickorna och då vill ingen gifta sig med dem, de förblir ogifta och bor kvar hemma. Vilket inte går om alla ska få mat och det har resulterat i att hennes fyra äldsta nu har fått åka till Bombay för att klara sig. Om just den handeln har vi hört talas om tidigare. Män från de stora städerna kommer till de fattiga byarna och erbjuder arbete för flickor som de tar med sig till slavliknande arbeten och prostitution.

Andra kvinnor berättar om hur deras män dricker och blir aggressiva och att deras barn får gå hungriga.

Efter mötet frågar vi om vi kan följ med en av kvinnorna hem och se hur hon bor. Det är en hydda. Hon visar sitt kök där hon kan laga mat över en öppen eld. Det ligger två kastruller på golvet bredvid hällen och på en bänk ligger det sex tallrikar och sex glas. Det finns ytterligare ett rum. Det är kanske tio kvadratmeter stort och på golvet ligger det ett stort fiskenät. På väggarna hänger två tavlor, en på Jesus, eftersom det faktiskt finns miljontals kristna människor i södra Indien, den andra är en bild av en känd indisk skådespelare från Bollywood, Indiens filmcentrum. Kvinnan berättar att hon, hennes man och fyra barn bor i huset, men att de två äldsta sönerna inte får plats att sova där så att de därför sover på stranden på nätterna.

Men det är när vi kommer ut igen som det blir absurt. Klockan är halv elva på söndagsförmiddagen. Det har regnat hela natten och det vi ser av byn är en enda lervälling och i den lervällingen finns det fullt av män, säkert ett tjugotal, iklädda endast saronger och kanske också en t-shirt, som lullar omkring i smeten.
- Kolla Hasse, säger Thomas som är en av deltagarna i min grupp. Dom är skitfulla! Vi går och pratar med dem.

Vi ropar på vår tolk och hon är inte helt förtjust att behöva kliva runt i leran men gör det ändå. Vi stannar tre berusade män. De hälsar glatt på oss och något vi lärt oss är att alla alltid svarar uppriktigt på alla våra frågor vart vi än kommer så vi ställer de enkla frågorna.

- Är ni fulla?
- Ja, vi är fiskare.
-Vad säger era fruar om att ni dricker så mycket?
- De gillar inte det.
- Varför gör ni det då?
- För att vi är fiskare och det är farligt.

Sen tar vi en bild av männen, tackar för att vi fått tala med dem och vi har fått en tydlig bild av det alkoholproblem kvinnorna talat om. Tänk hur mycket man inte vill vara varken en fiskare och leva ett kort farligt liv, bo i en hydda och hasa omkring full i lera, eller en fiskarkvinna som bor fattigt i en hydda med en man som hasar omkring full med lera upp till knäna och som dessutom är den som ska säkra ekonomin i familjen. Ibland kan man behöva perspektiv på livet. Det är inte vidare rättvist.

En hund...

Den sista veckan i Indien är det rekreation. Vi ska under en eftermiddag ha gemensamma redovisningar för de andra grupperna om vad vi sett, hört och upplevt. Resten av tiden är ledigt i en by i Kerala. Byn är under utveckling till att bli väldigt turistig, men fortfarande finns det endast en handfull hotell och ett antal restauranger som kvällstid sätter fram bord på stranden.

När vi kommer till Kerala har vi ätit mycket starkt kryddad vegetarisk mat i en vecka, träffat kvinnliga NGO-s och lärt oss mycket om fiskarkvinnors situation i södra Indien. Vi har åkt tåg en natt. Det var varmt och svettigt och vi har gått en kilometer över den varma sandstranden innan vi når fram till det hotellet vi ska bo på. Vi kommer tre dagar före de övriga grupperna.

Vi har hört talas om att det tidigare år har bott pedofiler på det hotell vi ska bo på, men vår ledare har lovat att det i år inte skulle finnas några av den avarten människor. Han har berättat att de agerat året innan, med hjälp av några högt uppsatta inom delstatsadministrationen i Kerala. Ändå har vi våra känselspröt aktiverade.

Trötta, hungriga och törstiga kommer vi fram till hotellet på eftermiddagen. Det är ganska stort, i tre våningar och byggt som ett U. Vi får våra rum på andra våningen längst bort i den vänstra flygeln, lastar in vår packning i rummen och sätter oss i de sköna fåtöljerna på loftgången och pustar ut. Då får vi syn på en liten pojke. Kanske nio tio år som sitter på en stol mitt emot en europeisk man i liknande fåtöljer som vi, fast mitt emot i den andra delen av u-et. Vi förstår genast vad det rör sig om. Hur gör vi nu? Vi måste gå till receptionen. Om den åsikten är vi överens. Ska vi helt sonika gå över till mannen och spöa upp honom? föreslår någon. Stackars lilla kille.

Då får pojken syn på oss. Sträcker upp armen och vinkar sorglöst och så ser vi hur han reser sig upp och springer iväg. Trettio sekunder senare är han hos oss.

- Welcome. Where you from? Do you want beer?

Pojken visar sig vara son till ägaren av hotellet. Vi beställer av honom och tio minuter senare sitter vi med varsin kall öl. Lättade.

På kvällen när vi doppat oss i Indiska oceanen, duschat och sovit en stund samlas vi vid en restaurang på stranden. Solnedgången är spektakulär och pärlbandet med fraktfartyg i ständig rörelse påminner oss om det konsumtionssamhälle vi kommer ifrån och känns som länken mellan oss och de fattiga fiskarkvinnor vi just besökt. Det serveras tandorigrillad fisk och det är hur gott och mysigt som helst. Vi är mer än nöjda med att ha en veckas semester i detta paradis och vi pratar med en österrikisk man i fyrtioårsåldern, som intygar att här är allt bra. Han bor själv i den lilla bungalow som ligger mitt i restaurangen. Alla tre tjejerna i vårt sällskap är överens om att han är läcker, en riktig hunk. Vältränad, brunbränd och dessutom trevlig.

Vi hedrar samma restaurang med att utnämna den till vårt frukostställe, och redan den tredje kvällen är vi tillbaka för att maten varit så god, personalen så trevlig och själva stället så colt. Vi beställer öl, går och tittar på dagens fångst av olika kotlettfiskar, pekar på den fisk vi vill ha och som sen tandorigrillas. Vi har med oss en kortlek och vi spelar Gurka, alla åtta. Det är medan vi fortfarande väntar på maten som ett barnskrik skär genom luften. Känselspröten åker omedelbart ut igen. Vad var det? säger någon. Vi ser oss omkring. Inga andra gäster verkar reagera. Då kommer plötsligt en hund springande förbi borden i hög fart, rakt ut mot stranden där den försvinner i mörkret. Åh, en hund, säger någon och vi nöjer oss med det. Maten kommer in och det är lika gudomligt gott igen.

På morgonen efter sitter vi och äter frukost och väntar på att de övriga grupperna ska komma till vår vackra strand. Då ser vi plötsligt den indiska kvinna som vi tidigare sett sälja saronger till turister på stranden. I famnen bär hon en dotter och bredvid henne går ytterligare två barn. Då öppnas dörren till den bungalow där den österrikiske mannen bor och ut till sin mamma springer en liten pojke. Han är högst åtta år och vi förstår alla omedelbart vad det var för barnskrik vi hörde kvällen innan. Mannen går fram till kvinnan och talar med teckenspråk. Vi ser att kvinnan får pengar. Vi ser hur hon går därifrån. Vi ser hur mannen ler mot oss innan han vänder sig om och stänger dörren efter sig.

Vi förmår inte säga något. Vi vet alla att vi borde ha förstått redan igår.

Vi tänker på hunden som gav oss en anledning att inte tro det ingen av oss ville tro. Det ingen av oss egentligen kan förstå. Vi har suttit tre-fyra meter ifrån där en man förgrep sig på ett litet barn. Vi har hört, men valt att inte höra.

Vi skäms då resten av gruppen plötsligt dyker upp. De ser lika trötta ut som vi känt oss några dagar tidigare. De verkar vara glada att se oss, glada att få lite semester, glada att snart få bada. Vi är inte lika översvallande entusiastiska men välkomnar dem. Vet inte längre vad vi ska säga om den fantastiska byn. Säger ingenting mer än till Jim, ledaren, som lovat att inga pedofiler ska bo på vårt hotell. Han lovar att agera.

På eftermiddagen samlas hela gruppen. Vi kommer överens om att inte gå till den restaurangen mer. Jim tar genast kontakt med den högt uppsatte inom administrationen i Kerala och den österrikiske mannen ser vi aldrig mer. Men den fattiga kvinnan och barnen går fortfarande på stranden och säljer saronger till vita män som ser ut att vara vanliga trevliga turister.

Nattbad

Under eftermiddagen har vi lyssnat till en gammal indisk kvinna som berättar att de indiska kvinnorna fick kämpa för att bära kläder. De engelska kolonisatörerna, männen naturligtvis, tyckte tydligen att kvinnorna skulle gå barbröstade och sådan var reglerna. Den indiska kvinnan säger att hon inte kan förstå och att hon skäms när hon ser de unga turisterna på stranden med nästan inga kläder alls på kroppen.

På kvällen är det fortfarande trettio grader ute. Vi har som vanligt beundrat solnedgången, ätit tandorilagad fisk på strandrestaurangen och druckit en del öl. Det blir snabbt mörkt men vi ser skummet och hör det fridfulla svallet från vågorna. Jag, Katarina och Lena tar en promenad längs vattenbrynet och låter vågorna sakta spola över våra fötter. Vi är ensamma där. Bara någon hund som stryker förbi. Det enda ljuset kommer från månen och stjärnorna. Det är magiskt vackert. Vi bara måste ta ett nattbad.

Vadar ut bland vågorna, stänker vatten, nakna, skrattar, och livet är nu och underbart. Badar en stund tills vi är nöjda. Går upp och letar efter kläderna. Var la vi dem? Det är plötsligt mörkare när månen gömt sig bakom ett moln. Men där. Katarinas och Lenas kläder ligger i två högar. Men mina. Borta. Visst la jag dem alldeles bredvid deras.

Det är kanske tusen meter hem. Genom byn. Vi tänker att en hund kan ha tagit dem och letar i sanden. Hittar min t-shirt efter en liten stund, men inga byxor, inga kalsonger. Jag får låna Katarinas trosor och gå hela vägen längs stranden och sedan vänta medan hon hämtar en handduk på hotellrummet, sedan smyga genom byn, så gott det gick att smyga och sedan hem till kläder igen. Skönt med kläder i Indien.

Lärare

35 år gammal är jag då jag avslutar min lärarutbildning och stiger ut i arbetslivet med en examen. Första terminen får jag ett halvtidsvikariat i en årskurs fyra på Matteusskolan i Stockholm som hjälplärare i en mellanstadieklass som bedöms som extra besvärlig. Jag tycker att det går bra, men de är lite för unga fyrorna. Den andra halvan av arbetstiden vikarierar jag på olika högstadieskolor runt om i Stockholm. Ofta får jag inga instruktioner alls vad eleverna förväntas jobba med och om man frågar barnen är lektionen redan fördärvad. Därför har jag med mig en standardlektion som innebär att jag startar lektionen med någon lämplig historia, får ett lugn och sedan arbetar klassen i tjugo trettio minuter. Det är ett lärorikt halvår.

Efter sommaren börjar jag mitt första riktiga lärarjobb som SO-lärare och klassföreståndare, på Kvarnbergsskolan i Gustavsberg. Nybakad lärare är även min kollega Roger som är från Tranås, har kristen bakgrund, är jättesnäll och lika spänd och entusiastisk som jag. Tillsammans har vi ingen kunskap om hur att ta hand om en klass, men vi älskar våra trettonåringar. Det märks väl. Barnen trivs och föräldrarna är nöjda.

Barnkunskap är det ämnen som ger mig ett ryckte på skolan som en ganska kul och annorlunda lärare. Niorna är den sista årskullen som läser enligt den gamla läroplanen. Barnkunskapsläraren har gått i pension och rektorn har vid anställningsintervjun undrat om jag kan ta fem klasser i barnkunskap a fyrtio minuter i veckan. Så klart. Hur svårt kan det vara? Jag har ju en egen Savannah på snart tre år. Jag är ju proffs. Och jag har nyligen varit i Indien med Lärarhögskolan och studerat barnarbete. Det blir ingen traditionell barnkunskapsundervisning det året.

Jag får två olika uppsättningar med Barnkunskapsböcker. Böcker som hade tio-femton år på nacken, tummade, vikta i hörnen och trasiga. Eftersom ämnet ska försvinna köps inga nya böcker in. Jag läser igenom dem. De är oanvändbara. Eller egentligen inte. För mig spelar de en stor roll. Jag håller samma lektion fem gånger. Jag börjar med att läsa några rader ur den första boken, utvalda delar där det står sådant som att det var farligt för barn att stoppa fingrarna i kontakten eller att mamman kan dela föräldraledigheten med pappan om hon vill.

Om han vill. Eleverna skrattar åt min ironi och när jag nonchalant kastar boken över axeln och säger att den går ju inte att använda, så blir de aningen förundrade. Och när jag gör samma sak med den andra boken och säger att vi får köra utan bok så tror de att det här kommer att bli skitbra. Vi behöver inte läsa alls, tänker de. Ack vad de bedrar sig. Jag har dålig koll på hur mycket eleverna kan förväntas hinna på en termin och min plan för 40 minuter barnkunskap i veckan innehåller bland annat ett eget arbete om barns utsatthet i världen som för många blir det arbete som eleverna lägger ner mest tid på av alla ämnen. Men kastandet av böcker sprider sig och när niorna ser fram emot sina barnkunskapslektioner så vet snart även sjuorna och åttorna att de har en okej lärare.

Man ska prövas

Det första året som lärare undrar jag många gånger vad jag har gjort. Fyra och ett halvt år på universitetet för att få en massa skit av ointresserade ungar. Upptäckten att de inte arbetar på lektionerna, trots att jag har de bästa uppgifterna i skolans historia. Eller har jag det? Gör jag för stora, för svåra, för tråkiga, för enkla uppgifter. Jag kan inte bara servera kunskap. Jag tänker att eleverna måste tränas i att tänka själva en del. Det måste väl vara skolans uppgift, att lära ut vikten av och konsten att själv dra egna slutsatser.

Jag upptäcker snart vilka elever som påverkar stämningen väldigt mycket. Det är värst i en åtta. Den klassen har jag ordningsproblem med och jag planerar och tänker ut olika sätt att få med alla på lektionen. En lektion har jag planerat nästan minut för minut och jag tror att den här lektionen kommer alla att gilla och lära sig något viktigt. Vi pratar om mänskliga rättigheter och vi ska idag tala om Apartheid. Jag kan ämnet. Jag börjar med att berätta om mina egna första dagar i Sydafrika när jag kom dit med Bi. Klassen tystnar, alla lyssnar och jag känner att jag har alla med mig. Det är mina fyra bästa minuter med klassen sedan höstterminen börjat för fyra veckor sedan. Då öppnas dörren. Jag har förstått hela tiden att lugnet i klassen inte bara beror på min spännande inledning på lektionen utan också att den negativa ledargestalten i klassen ännu inte kommit. Nu kommer han. Jag fortsätter och prata, förväntar mig att han bara ska gå till sin plats och sätta sig lite tyst.

Tja läget. Durå? Schysst. Och sen ska några av killarna resa sig och göra komplicerade hälsningar. Jag måste avbryta och vänta till han har satt sig. Han skjuter ut en stol slår sig ner längst bak, med kepsen på, en röd, drar fram mobiltelefonen och säger "Okej. Kör."
Jag fortsätter min berättelse och jag känner hur intresset ökar igen. Jag tror verkligen på allvar att de mänskliga rättigheterna är det viktigaste vi har att undervisa och diskutera om i skolan. Berättelsen om den svarta kvinnan som måste lämna sitt eget barn gråtande hemma i nattens mörker för att hon måste ta hand om barnen till den vita familjen när de har fest i sin egen trädgård måste slå an. Då ser jag killen längst ner i klassrummet. Han har fått fram en Bajenhalsduk som han sträcker ut och gungar med fram och tillbaka.

Jag fortsätter att berätta, men han bara fortsätter. Jag tappar i skärpa. Jag tappar totalt lusten. Orden blir likgiltiga och jag hör dem knappt själv. Fan vad tråkigt. 300 jävla tusen i studielån. För det här. Jag håller resten av lektionen utan någon som helst entusiasm. Eleverna får de uppgifterna jag tänkt att de skulle jobba med och efter femtio minuter är lektionen slut. Jag ber killen att stanna kvar efteråt. Han kollar på klockan. "Har bara fem minuters rast. Måste ha en cigg förstår du" och så drar han.

Jag går ut på Kvarnberget. Man kan se ut över havet därifrån. Jag ser efter om jag är ensam. Tänder en cigarett. Jag har inga strategier. Jag vill inte känna mig förödmjukad på min arbetsplats. Jag vill ha roligt där. Jag ser ut över havet. Jag har lektion om tjugo minuter.

Hmmmm...

Min kollega Roger som kommer från Tranås undervisar i NO. Han är genuint intresserad av blommor och efter någon vecka kommer Roger upprymt till mig och berättar att några av hans elever i nian delar hans intresse. Några killar har frågat Roger om de inte kan få ställa in några växter i skolans vinterträdgård och det tycker Roger är mycket inspirerande. Självklart får de det.

Några veckor går.

Sen kommer studievägledaren, en pigg tant, med ärligt leende, till mig och frågar lite försynt om jag sett de där växterna som Roger ställt i vinterträdgården. Dem har jag givetvis inte tänkt på så mycket, men jag vet ju vad hon pratar om.

- Kan du kolla på dom och säga vad du tror att det är?

Roger blir besviken när han inser att han blivit lurad att odla marijuana i skolan.

- Vilka rackare , säger han, när han hämtat in växterna till vårt gemensamma arbetsrum som egentligen mest är en skrubb som vi två delar.

Roger tycker det är synd att slänga växterna. De är ju fina och växer bra.

- Kan vi inte ha dem här i vår skrubb?

Jag berättar för Roger att vi lärare inte gärna kan odla narkotika i skolan. Vilket han ju förstår.

- Men en? En liten planta kan väl inte vara farligt?

Han vill inte ge sig.

Så placerades en planta bakom gardinen i det lilla fönstret som har en stor buske som skymde utifrån. Och där står den. Roger vattnar. I några veckor. Innan jag får höra om att det ska vara något slags skolinspektion och säger till Roger att nu måste den bort. Han försöker igen med att en växt kan väl inte vara farlig. Om man bara har den för att den är fin.

Vi kastar plantan den eftermiddagen.

Demonstration

Andra året jag jobbar på Kvarnbergsskolan ska skolans budget skäras ned med en miljon kronor. Skolan får ett sparkrav på sig. För andra året i rad. Rektor skriver givetvis, liksom året innan, en konsekvens-beskrivning som fullkomligt rimligt påpekar att det skulle medföra att de elever som behöver mer hjälp kommer att få svårare att få den hjälpen. Så klart. Konsekvensbeskrivningen hamnar någonstans hos de av kommunens tjänstemän som handhar utbildning. Siffrorna hamnar avskalade hos ekonomiavdelningen som nöjt konstaterat att skolan klarat sig med en miljon mindre förra året. Det nya budgetförslaget ger skolan ett krav att minska utgifterna med ännu en miljon.

Nu blir det uppror. VI lärare skriver insändare, vi uppvaktar kommun-styrelsen, föräldrar börjar göra motstånd och vänsterpartierna anord-nar demonstration. Eleverna börjar engagera sig. Det är många som är upprörda och vill göra något. Elevrådet beslutar att samla alla elever på torget i Gustavsberg och kräva att sparkravet försvinner. Beslutet tas på tisdagen och några aktiva elever ringer till ABC, Stockholms lokala TV-nyheter, som lovar att komma.

På torsdagen klockan 10 är det dags. Elevrådet har spridit ut att alla elever ska vara på plats. Kvart i tio går därför högstadieeleverna nerför backen till centrum. Hos några är stämningen hög. Andra går mest med för att de typ måste. Några stoppas av ett TV-team och en mikro-fon sticks fram.

- Berätta. Varför demonstrerar ni?

Killen har ingen aning. Han tycker mest att det är skönt att slippa sko-lan någon timme. Han vet ingenting om hur mycket skolan ska spara eller varför det är dåligt. Han har inte tänkt på några konsekvenser. Han har inte alls brytt sig.

Två tjejer står bakom killen och försöker vara så snygga som möjligt för att de är med i TV och då mikrofonen plötsligt är framför deras munnar, ser de på varandra och fnittrar.

Jag står bredvid och lider. Är tacksam över att det inte är mina elever, men jag vet att liknande elever finns i mina klasser också. Fan också. Eleverna måste kunna förklara sig. De måste veta vad de gör. Om inte människor kan tycka och tänka i vårt samhälle går de att lura hur som helst. Det är inte värdigt. Jag ber reportern att inte sända det där.

Se samband, göra jämförelser, tänka möjliga konsekvenser, ge förklaringar i flera led. Tänka själv. Jag måste bli ännu bättre lärare.
Det är hur tydligt som helst. Att spara en miljon kronor till är inte lämpligt.

Bagarmossens skola

När Savannahs mamma och jag skiljer oss blir det nödvändigt att ha arbetet närmare hemmet. Så söker jag mig till Bagarmossens skola och genast trivs jag väldigt bra. Blir bra mottagen av kollegor och elever. Full av entusiasm är jag redo att genomföra roliga lärorika intressanta lektioner och projekt som jag funderat på över sommarlovet. Vad jag förstår är jag lite annorlunda än min föregångare. Jag vill diskutera, höra reflektioner, få ungdomarna av tänka efter och ställa frågor. Eleverna gillar det.

Två månader in på terminen får jag höra om att det är en ungdomsmässa i Älvsjö där skolor kan ställa ut arbeten. Vi håller på med endogena och exogena processer då och tillsammans med NO-läraren, också Hasse, ska vi visa upp modeller av vulkaner som har utbrott. Hasse är bra på sånt, det exploderar ljudligt och lava rinner nedför papmachebergen. Jag står för det teoretiska med bilder och förklarande texter som eleverna har målat, skrivit, klippt och klistrat.

Vi har tänkt ta med vår klass och tror väl att det ska finnas mängder av andra roliga skolgrejer att kolla på. Men det är inte förrän torsdagen innan som vi får biljetter och ser det egentliga programmet som vi riktigt förstår vad vi ska vara del av. Hela Älvsjömässan ska vara full av ungdomsaktiviteter. Skolor ska ställa ut och visa upp sig, olika sporter ska också visas och man kan prova. Dramaten är där och spelar Ondskan med Benny Haag, fullt med band spelar, Stockholmslagen i allsvenskan i fotboll är där, företag med ungdomsinriktning har tävlingar och det är schyssta priser. Det verkar helt enkelt superroligt och när det visar sig att skolan har fått biljetter av stadsdelsförvaltningen och rektorn på skolan till slut också vaknar och bejakar projektet, då tänker jag att den mässan ska jag försöka få med mina nior på också.

På fredagsmorgonen kollar jag upp om det är okej att sno med mina nior till mässan på måndag. Jag vet inte hur flexibla man kan förvänta sig att lärarna är, men det visar sig att när jag förklarar vad det är för något, vill flera klasser följa med och under dagen lyckas jag organisera så att sju klasser ska åka. Innan min sista lektion vet alla elever var de ska vara på måndag morgon, det finns ett schema för vilka lärare som ska följa med och tider till dem, ett schema för vilka lärare som ska täcka för varandra är klart. Allt är fixat. Allt har gått utmärkt och till sist ska jag bara underrätta min egen klass. Jag haffar klassen i korridoren, precis innan bildlektionen och börjar informera om det roliga. Då öppnar bildläraren dörren och säger att nu är det bild och sån där information får man ge till eleverna på klassrådstid och inte på andra lärares lektioner. Så lägger han händerna på några av elevernas axlar och puttar in dem i klassrummet. Jag ber om få ett par minuter, men det är uteslutet så jag får ropa till eleverna att de ska vara vid tunnelbanan klockan nio på måndag.

Alla elever som är på mässan gillar den. Bara bildläraren är missnöjd för den ende jag missar att informera om att det på måndagsmorgonens kommer att vara ett decimerat antal elever på Elevens val-tiden, på grund att några av dem är iväg på ungdomsmässa, det är självklart just bildläraren. Ska man inte som lärare bli underrättad om sådant innan lektionen, frågar han surt på lärarsamlingen dagen efter.

Det går några månader.

Jag ska ha en elevens valsgrupp i drama i tio veckor. Det var tolv elever som vill göra en film och varför inte. Jag vet att de finns en videoredigeringsapparat på skolan. Kollar om det är någon bildkurs eller liknande som kan krocka med den tiden och finner att så inte är fallet. Jag lovar eleverna att visst kan vi göra film. Det är bara att sätta i gång att skriva manus. Barnen är på.

Redigeringsapparaten finns i bildsalen. Jag berättar för bildläraren vad jag tänker göra, frågar om jag kan låna apparaten och säger att jag gjort film förut och vet hur man använda den. Nej, säger han. Så vänder han sig om och går. Jag står där som ett fån, har trott att man hjälper till om man kan. Kanske är det hans privata? Eller är han bara ogin?

Jag tar reda på hur det är. Videoredigeringsapparaten är skolans och efter lärarsamlingen på tisdagseftermiddagen frågar jag igen om jag kan använda den. Han har ju inga lektioner då. Han svarar överhuvudtaget inte. Bara går. Bagarmossens skola är Sveriges längsta skola. Jag följer efter.

- Du kan väl stanna och prata i alla fall.

Han går. Från C-korridoren, jag efter, genom D, genom E.

- Var inte löjlig. Jag vill prata med dig.

Genom F- korridoren och fram till bildsalsdörren i H-korridoren som han låser upp och tänker stänga precis framför näsan på mig. Jag sätter in foten. Han ser argt upp på mig, knuffar mig faktiskt, men han är äldre, mindre än mig och jag tar tag i dörren och går in.

- Ut med dig.
- Jag vill bara använda skolans grejer. Det är för elevernas skull.
- Den är min.

Jag går till rektorn som tar sig ett snack med bildläraren. Dagen efter då rektorn kommer till jobbet står en stor apparat på hennes bord. Dessutom en uppsägning från uppdraget som skyddsombud. Rektorn säger att jag nu i alla fall kan göra film med eleverna. Jag tackar. Tar med den gamla videoredigeraren till mitt rum och sätter upp de två tv-skärmarna och kopplar ihop sladdarna.

En sladd fattas.

- Jag har ingen sladd, fräser bildläraren när jag frågar.

Det visar sig att just den sladden är svår att få tag i. Jovisst kan TV-handlaren som jag frågar beställa en sladd, men det kan ta ett par-tre veckor.

Det blir ingen film den gången. Men i övrigt trivs jag bra på Bagarmossens skola redan från början, både med kollegor och elever.

Vi hyr ett hus med åtta rum i bergen utanför Barcelona. Jag, mina barn Hampus och Cornelia och min sambo Maria, kommer dit först. Någon timme senare dyker Classe upp. Bi och Jackie har med sina barn Zarah och Adam. Tommy kommer och efter några dagar Schultzan med fru Ulrika och dotter Anne. Till slut hämtar jag Savannah på flygplatsen.

Jag har en ganska stor familj.

Efterord

Jag brukar ibland berätta historier från mitt liv för mina elever. Jag vet att de brukar gilla det. För snart tre år sedan fick jag en tom bok av mina elever som slutade nian. "Skriv ner skiten, för fan, snart blir du senil", löd den kärleksfulla uppmaningen. Jag började inte direkt, utan idén fick ligga och gro ett år. Men tack så mycket för pushen. Boken hade nog inte blivit av utan er och jag har haft väldigt roligt.

Jag tänkte när jag skrev att det borde vara en kul grej för mina barn att ha. Vad vet barn om sina föräldrar egentligen? Bara det räckte som motivation. Savannah, Hampus och Cornelia. Här får ni veta lite om era rötter också. Älskar er.

Minnen är inga absoluta sanningar. Vi ser alla allt ur våra egna perspektiv. Det här är så som jag kommer ihåg det. Jag hoppas att ni har roligt när ni läser boken. Förhoppningsvis leder mina historier till att egna minnen väcks till liv. Kanske skriver ni ner dem, eller berättar dem.

Det är svårt att hinna skriva när det är termin. På loven har jag roat mig. Maria, som varje dag bidrar till att livet är så bra, har varit förstående för mitt projekt, stöttat och gett tid. Tack. Classe hjälpte mig med allt det tekniska, så att texten fick omslag och blev till en bok. När han erbjöd sin hjälp slappnade jag av på den fronten. Classe lämnar inte ifrån sig ett dåligt jobb. Tack Classe! Tina och Hans läste några historier från den första sommaren och tyckte jag skulle fortsätta. Tack för den hjälpen. Det gäller dig också Elisabet. Andra har jag tvingat att lyssna, som Ulla, Lennart och Lotta. Dessa snälla har uppmuntrat till att fullfölja mitt arbete.

Jag ber om ursäkt för eventuella skrivfel. Hoppas ni har överseende med det. Som allting annat ger träning färdighet och det här är min första tryckta bok. Jag hoppas också att alla ni som figurerar i texten tycker att det är okej och att jag inte varit alltför utlämnande. Det är ju trots allt bara mina minnen.

Lev väl / Hasse

Innehållsförteckning